U0063586

JPC

DP

中文A語言與文學課程
非文學文體知識手冊

Chinese A Language and Literature Course
Booklet of Basic Concepts of Non-literary Contexts

徐亮　季建莉 編著

繁體版

前言

國際文憑大學預科項目（IBDP）中文 A：語言與文學課程，顧名思義，是將語言與文學分開學習。換言之，這一課程將廣義下的"語言"分為"實用性語言"和"文學性語言"兩類：實用性語言以狹義的"語言"指代，文學性語言則稱為"文學"。語言與文學，具體到文本，則形成了非文學文本與文學文本。

一直以來，非文學文本的學習處於散、亂、缺的狀態。教學資料的缺乏、知識點體系的不完善，以及教學內容的隨意性，始終是困擾著廣大師生的三座大山。為此，本著發現問題與解決問題的思路，我們特別研發了針對非文學文本學習的系列叢書，包括《DP 中文 A 語言與文學課程試卷（1）非文學文本分析七分範文點評》、《DP 中文 A 語言與文學課程試卷（1）非文學文本講練指導》(暫名)以及本書。三本書全面滿足了該課程"教學—操練—備考"的需求，力圖從根本上解決非文學文本教學面對的困境。

本書著重於課程的教與學階段，重點為文體知識的學習。《語言 A：語言與文學指南》中明確列出了該課程中可能涉及的 30 種非文學文本類型。儘管所列出的清單並非詳盡無遺，但對於這些文本類型，教師和學生都需要有基本的理解，並著重學習其中重要的或常見的類型。基於此初衷，本書將上述非文學文本類型的相關知識點整理成冊，以方便所有教授或學習該課程的讀者查閱。

本書所列非文學文本類型，包含《語言 A：語言與文學指南》中列出的所有文體，並增加"新聞報道"這一常見文體，共 31 種。

每章節各介紹一種文體，從文體的概念、特徵，到相關知識的具體解析，包括類型、格式、結構、要素、語言特徵等，力求將各文體的相關知識點全面且清晰地呈現予讀者，幫助讀者對各文體形成系統且具體的認識。

本書適用於國際文憑中學（IBMYP）與大學預科（IBDP）階段"語言與文學"課程的所有師生，可為學習者提供一站式的學習參考資料。學習者可結合《DP 中文 A 語言與文學課程試卷（1）非文學文本分析七分範文點評》，學習如何將所學文體知識點應用於試卷一非文學文本分析中；也可以結合《DP 中文 A 語言與文學課程試卷（1）非文學文本講練指導》（暫名），對各類文體進行實戰演練。本書從一線教師的教學需求出發，結合編者多年的教學經驗，經多方的資料查證彙編而成。希望該課程的學習者及語言與文學的愛好者能從中獲益。

徐亮　季建莉

2022 年 9 月

目錄

文體類別索引

小冊子 / 傳單

動漫作品

圖解

日記

電子版材料 / 文本

論文

百科全書條目

電影 / 電視

指南

宣言

回憶錄

惡搞作品

模仿性作品

照片

無線電廣播

報告

影視劇本

成套說明

演講信函

教科書

遊記

新聞報道

01 廣告

文體介紹

廣告（advertisement），定義上有廣義和狹義之分。從廣義上講，廣告即“廣而告之”，凡是為了促進交流、達成溝通的廣告傳播活動，無論其是否具有盈利目的，只要具備廣告的特徵，都是廣告。例如常見的公益廣告，以及西方一些國家的政治選舉廣告等。而狹義的廣告則是市場營銷行為，具有經濟目的，是通過媒體向受眾推銷產品和服務，以促成購買行為。每則廣告均由信息和傳播信息的媒介構成，是機構、公司或團體宣傳與營銷環節的重要一環。

整體把握

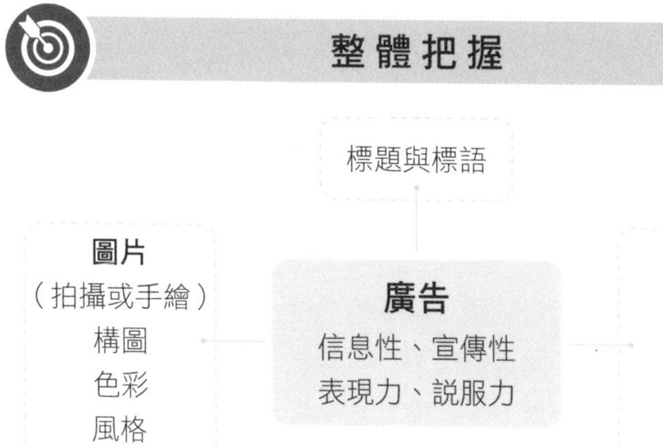

知識地圖

一、文本類型

按傳播媒介進行分類

【報紙廣告】 以報紙為傳播媒介的廣告，通常會有不同大小的版面。因為報紙印刷工藝有限，色彩和線條的表現力較弱，所以，不同於其他媒介的廣告，報紙廣告需要依賴更多的文字效力。報紙廣告所屬版面及版面大小，決定了廣告所產生的影響力。此外，選擇使用報紙刊登廣告的廣告商和用戶，通常著力於向當地或有影響力和話語權的報紙刊登廣告。又因許多機關單位有訂閱官媒報紙的傳統，因此，在這些報紙上刊登廣告，可以加強產品與政府單位的關係，便於政府進行招商引資等活動。

【雜誌廣告】 雜誌通常能夠呈現較好的印刷效果，所以相比報紙廣告，雜誌廣告的版面設計更為精美。雜誌具有相對固定的訂閱群體，因此，其相應的廣告商也具有一定的群體特徵，如《國家地理》的廣告商包括戶外器材的產品製造商等。許多廣告商會選擇有一定影響力的品牌雜誌作為進一步宣傳的平台。當然，與報紙相比，雜誌的發行量和發行頻率都不高，這對廣告的時效性會有一定影響。

【電視廣告】 電視廣告脱離了紙媒的束縛，能夠將視覺和聽覺元素整合在一起。不同年齡段、不同階層、不同職業的群體都能成為其傳播產品信息、公司理念及熱門品類等內容的受眾。

電視廣告呈現出豐富多彩的形式，包括故事式、時間式、印證式、示範式、比喻式、幽默式、懸念式、解決問題式、名人推薦式、特殊效果式等等。相較於報紙和雜誌廣告，電視廣告具有覆蓋面廣、傳播效力高等特點，通過視聽元素與受眾互動，能夠產生衝擊力和感染力。同時，電視廣告有一定的敘事性，能夠貼近生活，拉近與受眾的距離，讓觀眾體驗“眼見為實”。

【電影廣告】 按照表現形式，電影廣告分為兩種。一種是電影內的軟廣告，即電影的贊助商或投資方利用電影的故事情節，軟性地加入商品元素，在不影響電影流暢性的同時，通過道具的使用、台詞的提示或鏡頭的聚焦等方法，將觀眾的注意力集中在商品之上。此類廣告需時雖短，卻能直接將產品印象投射到觀眾腦海，引起觀眾的關注和共鳴。另一種是貼片廣告，即在電影放映前或放映結束後，廣告商借用這段時間來播放廣告。

【戶外廣告】 指在建築物表面、街道、廣場等室外公共空間設立的霓虹燈、廣告牌、海報等。這類廣告沒有固定的群體，但因其位置較為固定，對於長期宣傳企業形象和品牌具有一定的效果。另外，隨著液晶顯示技術的發展，很多商場大樓外部會安裝液晶屏，將靜態的海報廣告轉換成動態的視頻廣告。由於路人通常不會對戶外廣告長時間駐足，因此這類視頻廣告的時長通常很短，這就需要通過滾動播放和增加受眾的記憶點來增強宣傳效果。此外，隨著公共交通工具的增多，很多地鐵和巴士內均安裝了視頻播放器，這也能夠有效吸引旅途中的潛在受眾。

【網絡廣告】 網絡廣告的形式多種多樣，常見的有以下幾種。第一種形式是嵌在網頁中的觸發界面，通常是靜態或動態圖，以及超鏈接，受眾將通過點擊觸發界面進入完整的廣告頁面中。第二種形式是搜索引擎、視頻網站、購物網站等頁面中置頂的內容，通常會標記“廣告”字樣，易於識別。第三種形式是社交媒體上流通的軟文，所謂“軟文”就是廣告策劃人使用文字等形式，將廣告軟性地植入文章中，與文章內容緊密結合，在不影響閱讀的同時又增加了商品的宣傳效果。常見的軟文包括微信朋友圈的公眾號文章，文章標題通常與宣傳的產品不相關，卻能在閱讀中潛移默化地植入產品信息，引發讀者關注。

按傳播目的進行分類

【商業廣告】 即以營利為目的的廣告，廣告商會根據客戶要求，向相應媒介投放此類廣告，最終為廣告主獲得利益。

【公益廣告】 即不以營利為目的，旨在為社會提供公益服務的廣告。如防火防盜、保護森林、維護公共秩序、請勿隨地吐痰等廣告，均屬公益廣告。

按表現形式進行分類

【圖片廣告】 即以圖片為主體的廣告。常見於報紙、雜誌、戶外媒體中，這類廣告依賴圖片信息傳遞產品內容，需要設計者使用圖片設計技巧，並針對特定受眾進行設置。

【文字廣告】 即以文字為主要宣傳手段的廣告。這類廣告依賴文字的表達效果，常見於軟文廣告中。

【圖文廣告】 綜合了圖片和文字兩種表達形式，是最為常見的靜態廣告類型。報紙、雜誌、戶外海報、大屏幕平面廣告等等，都使用了這一廣告形式。圖文廣告中的文字包括產品的信息、廠商的信息，同時也包含產品的價值和商家的理念等內容。

> 圖文廣告又可分為敘事型廣告（即具有敘事性，使用一個或者多個故事與受眾相聯繫的廣告）和論說型廣告（即通過對產品功能、特徵的說明來驅使消費者關注和購買的廣告）。

【視頻廣告】 此類廣告以表演為傳播的主要方式，常見於電視、視頻網站、電影等等。

現在的廣告多推崇軟文。軟文的名稱是相對於“硬文”[1]而言的，所謂“軟”，即不通過較為強硬的推銷和宣傳手法，而使文章內容的呈現和廣告宣傳完美地結合。這類文章通常在網絡，尤其是新媒體中傳播。

軟文的類型包括：

【設問型軟文】 通過設問製造懸念，並在進一步的回答中引出產品內容。例如，設問型軟文可以以這樣的表述作為開頭：“是什麼讓她的生活發生了改變？”設問型軟文需要留意邏輯的嚴謹性，避免漏洞百出。

【敘事型軟文】 通過講述一個與廣告相關的故事與讀者建立聯繫，進而推銷產品或服務。例如“酵素的發現——一個偉大的歷史事件”，通過標題，我們或多或少能夠了解文章內容是

[1] “硬文”即硬廣，意為硬性廣告，指直接通過文案對產品進行全方位描述與展示，以達到宣傳的目的。

關於酵素的介紹，從而關聯到這篇軟文中可能含有酵素產品的推廣。

【共情型軟文】通過具有共情的文字描述使讀者生發同理之心，從而宣傳所關涉的產品信息。例如“我與脱髮戰鬥的歲月”，通過標題可以看出文章作者將從自身經驗出發，來獲得受眾的共情，進而潛移默化地引入抗脱髮過程中的理想產品。

【恐慌型軟文】 通過對負面結果的著重渲染，使讀者對結果產生恐懼，進而引述產品功效來打消顧慮，造成一種排他性的效果。例如“中國九成人因此疾病而喪命”，此類標題的軟文有意製造緊張感，再通過陳述目標產品的有效性，從而緩解受眾先前所產生的顧慮，達到推廣目的。

【促銷型軟文】 通過對某些產品搶購情況的描寫和敘述，吸引受眾的關注，並利用受眾的攀比心態達成對商品宣傳的目的。例如“北京……脱銷”的標題，看似是對某種情況的描述，實際上是對某些產品的走紅做了軟文處理，從而激發購買者搶購的心理。

【報道型軟文】 通過報道某些社會現象，或消費者對某種產品的使用熱評，向讀者介紹某種熱銷商品。軟文中看似客觀的報道文體會使讀者產生錯覺，誤以為所接收的只是新聞類信息，並對其中的商品信息產生記憶點，從而增強商品的宣傳效果。例如，“就在昨天，身邊的人買瘋了……”一文，看似是報道這一購買行為，實際目的則是推銷某種產品或服務。

【引誘型軟文】 通過對產品的實用性、功能性、經濟性等方面的描述，引起讀者潛在的閱讀慾望，進而探索文中的產品信息，進入軟文所設的套路。商家從而進一步通過打折、送贈品等方式激發讀者的購買慾。例如，“以前要耗資一二十萬，現在只需要千元的消費級基因檢測，就在你身邊”，看上去是對某個新型技術的介紹，但讀者讀後會被其強大的實用性和打折力度而影響，從而發生購買行為。

二、文本要素

【廣告標題】 顧名思義，指一則廣告具有概括性的短語或句子，通常置於廣告中的核心位置，通過標示產品及品牌來吸引潛在讀者。

【廣告圖片】 對於圖文廣告而言，廣告圖片的主體部分通常由圖片呈現，圖片可以拍攝或手繪，在吸引受眾的同時傳達相應的意圖。廣告的構圖要與主題配合，其色彩要吸引眼球或對應產品特徵，風格上則要體現時代性。

【廣告口號 / 標語】 指在廣告標題之外的，具有一定感召力的文字內容，可以是詞、短語或短句，用於宣傳產品特性或理念，便於記憶。

【廣告文字】 在廣告中出現的描述性、説明性等文字，通常具有以下特點：

a. 簡短：能夠產生簡潔有力的表達，過多的文字會分散受眾的注意力，使受眾在短時間內無法得到有效閱讀，不利於達成宣傳效果。

b. 清晰：無論是字體還是顏色，都要儘可能清晰地呈現。

c. 獨創：詞語的使用、語句的修辭手法等具有創新性，不僅能夠表現產品的內在特質，同時也昭示著話語權，表現出吸引讀者的潛在能力。

d. 連貫：在文字與圖片以及其他元素之間建立邏輯聯繫，引起讀者的聯想和共鳴。

三、表現手法

廣告圖片與廣告文字通常會有以下表現手法：

【誇張】 一方面，有意對某些元素進行誇大處理，有時候會產生幽默感，讓人忍俊不禁。其目的是表現產品的功能、特效等。例如通過改變產品和人物的比例，將產品放大，實際上就是通過誇張的手法來表現產品在人們生活中的地位。另一方面，通過對詞語的選用和句子的組建，達到一種誇大、幽默的效果，以吸引消費者關注和購買。

【象徵】 通過一些物品或意象，乃至人物的形象、身份、衣著打扮、固有印象、裝飾元素、姿勢表情等來象徵品牌或產品的價值、理念、品質、功能、態度、情感，等等。例如，紅豆象徵著思念，玫瑰象徵著愛情，諸如此類。

【諷刺】 通過對某些人、物、元素的諷刺加強受眾對該產品的記憶和識別度。例如，可口可樂公司會通過對對手百事可樂的諷刺來達成品牌宣傳的目的。

【怪誕】 指離奇、古怪、荒誕，也可稱作“無厘頭”，是後現代主義的一種表現方式，在商業文化氛圍濃厚的西方較為流行。怪誕的手法能夠引起消費者的關注，有利於將產品的特性投射其中，進而引發受眾的聯想和記憶。

【置換】 將幾種不相干的元素通過互換的方式結合在一起，從而達成廣告內在的統一，使消費者產生心理感知。比如，在一些廣告中，將大拇指置換成頭像，或將筷子置換成魔法棒等等。

【擬人】 通過將物擬作人，賦予物品生命力，能夠和受眾之間產生溝通和交流，進一步增強表現力和感染力，拉近與受眾間的距離，加強宣傳的效果。

【隱喻】 通過選擇詞語或組建句子，達成對某些產品功能、特徵、理念或用戶關切內容的間接暗示。例如，著名水餃品牌“思念水餃”的廣告詞“讓世界嚐嚐中國的味道”，其中“中國的味道”與作為中國人的獨特感受產生呼應，從而表現出隱喻效果，讓中國消費者感受到品牌所表現的愛國情懷，進而通過消費來表達愛國情感。

【雙關】 即一個詞語有兩個所指、兩個完全不同的意義範疇。通過這種手法，消費者心中能夠建立起品牌和現實形象的關係，創造記憶點，具有一定的效力。例如著名鋼筆品牌“英雄”的廣告語“誰都熱愛英雄”中，“英雄”一方面指品牌名稱，一方面指犧牲自己幫助他人的人，這個雙關語表達了“英雄”的品牌定位。此外，也有一些廣告文字會使用“諧音”的方式造成雙關的效果。

【押韻】 這與中文的語言特性有關。押韻能夠體現朗讀上的韻律，便於記憶，進而利於產品的宣傳。比如“鑽石恆久遠，一顆永流傳”，“遠”和“傳”押韻，使人讀起來朗朗上口，便於記憶產品的特徵。

【笑話】 使用與常規和常識相違背的內容，針對讀者的心理預設，從句子到段落，打破讀者的固有印象。

【典型短語】 巧妙使用動賓短語、主謂短語等常見結構類型，以及倒裝等結構特殊的短語。例如“愛奮鬥，愛旅行，愛自由，愛 Luna Classic”，連續使用動賓結構的短語表現產品與受眾對“熱愛”的共識。

【神經營銷】 通過揣摩消費者的心理，在廣告詞中加入具有吸引力的術語或詞彙、表達等。例如某家居品牌的廣告詞“把健康、環保裝進家”，其實就在迎合消費者對於家具環保特性的關切心理，同時也表達了產品的理念和定位，通過這樣一句廣告詞，客觀上激發了受眾對於家具環保特性的考量，達成雙向的溝通效果。

備考筆記

重點知識

軟文　誇張　隱喻　象徵　置換　雙關

學習筆記

02

呼籲

文體介紹

呼籲（appeal），通行的說法是“呼籲書”，指向他人或社會陳述某種重要事實和現象，申述重要理由，以引起注意的請求支持或援助的書面性文字，是一種應用文體。

呼籲常常會與倡議混淆。倡議書指的是由某一組織或社團擬訂、就某事向社會提出建議或提議社會成員共同去做某事的書面文章。它作為日常應用寫作的一種常用文體，在現實社會中有比較廣泛的使用，比如“節約用水倡議書”“保護益鳥倡議書”等。而呼籲書的寫作，一般分為兩種情況：一種是出於責任感、正義感，就不合理的現象和問題呼籲社會給予重視，從而共同應對；另一種是個人碰到了困難，自己無力解決，從而請求獲得他人的支持。

呼籲應實事求是，切不可為爭取他人或社會的援助而捏造憑證、誇大事實。

整體把握

知識地圖

一、文本類型

【事實呼籲】 指通過既定的事實，包括親身經歷、真實數據、共同發起者的普遍遭遇、媒體報道等，與呼籲目的產生直接關聯。此類呼籲的發起者需要以客觀冷靜的視角引導讀者對所呼籲的事件或情況產生關注，並獲得支持。這類呼籲一般可用於與科學、環境、貧困、教育、文化等相關的公共事件或事務中。例如《關於消滅貧困人口的呼籲》中，呼籲者可以藉助事實和數據，從貧困人口的規模、現狀、影響等多方面進行陳述和呼籲。

【情感呼籲】 呼籲者使用故事、類比、比喻等多種手法進行呼籲，目的是引發讀者的情感共鳴，從而對所呼籲的主題產生情感認同。情感呼籲通常依賴讀者對呼籲內容的反應，如果讀者並不認同這種呼籲，則不會產生共情，更不用説支持了。通常來説。此類呼籲可以用於與個人利益、衝突、公平相關的事件中。例如《關於開展抗洪救災捐助的呼籲書》中，呼籲者對受災情況的慘狀以及個人災後生活的嚴重程度進行了有目的的敘述和刻畫，讓讀者產生情感上的認同，進而從道德感等深層次上提升對事件的關注和支持。

【道德呼籲】 指呼籲者利用讀者自身的道德感對所呼籲的事件進行參與或干預。此類呼籲會使用一視同仁的話語風格，並藉助自身的話語權，向讀者傳遞道德感召力，使讀者產生責任感，從而參與事件中。這類呼籲經常用於社會性事務中，同時也用於外交事務等方面。例如《關於抵制社會不良風氣的呼籲書》，從標題就可以大概了解呼籲者的訴求，而內容的表述能夠讓讀者體會到自身的責任感。

二、文本要素

【呼籲標題】 呼籲書的標題需位於篇章開端，位置居中，字號加大，字體有時會加粗，通常需涵蓋呼籲的主題，目的是對呼籲書的內容進行清晰、明確的總結和提示。標題通常無需使用修辭，而是真誠、直接地將重點傳遞出來，如《關於開展抗洪救災捐助的呼籲書》。

【呼籲正文】 對於不同的文本類型，事實呼籲通常需要在正文中儘可能多地使用事實作為依據，情感呼籲和道德呼籲則需要在正文中儘可能直接、清晰地使用符合情感或倫理道德的事實性、邏輯性等內容作為呼籲的支持，並且將呼籲的重點呈現給讀者。

【呼籲署名】 署名是呼籲者表明自己或所代表群體的正式身份的方式。署名可以將呼籲的發起者進行羅列，雖然不具備法律效力，但能夠對所呼籲的言論擔負一定的責任。呼籲者通過透露自己的真實姓名和身份，對所呼籲的群體表示誠意，並在相對透明的語境下承擔所呼籲內容的社會責任和道德責任，這能夠促進呼籲傳播效力的達成。

三、語言特徵

【簡明性】 指避免冗長和複雜的表述，內容簡單易讀。這一特徵與呼籲對象的閱讀習慣有關。使用易於閱讀的詞句和表述，從語句、段落到篇章結構，可幫助讀者在閱讀時減少陌生感和繁複感。

【通俗性】 指呼籲的內容（表述、理念等）具有通俗易懂的特徵。呼籲者能夠針對呼籲對象認知裏的基礎性知識及其思維模式，進行概念選擇和語言組織。通俗性表現為，呼籲手法的語言能夠儘可能地貼合讀者的情感，抓住讀者的同理心，避免使用空洞、晦澀難懂的表述。

【真摯性】 指在事實呼籲、情感呼籲或道德呼籲中，呼籲者通常會選用符合發起者真實感受的表述，在字裏行間表現自身的態度和誠意。例如，在事實呼籲中，客觀理性的陳述，適當地引用貼合自身真實態度的事實依據，能夠使讀者感受到發起者的真心，進而更好地回應呼籲內容。

【可信性】 指呼籲的內容（表述、理念等）具有真實可信的特徵。具體表現為語句的客觀性、態度的中立性、感情的真摯性，以及表述邏輯的合理性等方面。

【說服力】 指文本內容有理有據，具體體現為行文中結構的嚴謹性，以及文本用例的普遍性等特點。此外，呼籲者應避免使用絕對化表述，或過多褒義性的修飾語，從而增強受眾對文本的信服程度。

【感染力】 指文本中多使用真摯、具有感召力語句的表達方式。呼籲者在行文中應儘可能地使受眾產生共情或道德的自省，從而激發受眾的正義感、道德感、同情心等情感因素。情感的直接效用是引起讀者的共情，在此基礎上，感染力也隨之產生。

備考筆記

重點知識

事實呼籲　情感呼籲　道德呼籲

學習筆記

03 傳記

文體介紹

傳記（biography），指記述人物生平事跡的文體，通常由他人對某個人物的生平進行記述。此外，也有記述自己生平事跡的形式，這種形式稱為“自傳”。

傳記的取材通常來自書面或非書面材料，如口述、調查資料等，寫作傳記的人可以截取其中可用的材料進行收錄。傳記與歷史密切相關，某一歷史時期的傳記通常可視作史料。因此，傳記的內容需要基於歷史事實，紀實性是其關鍵特徵。

需要注意的是，傳記為讀者提供所傳人物不為人知的經歷，以及與歷史相關細節時，其目的不在於表達人物的不凡與偉大，如果以此為目的會給讀者帶來反感、不適等閱讀體驗。由此可見，傳記的目的是相對客觀地呈現人物的生平經歷，具有一定的史料價值。

整體把握

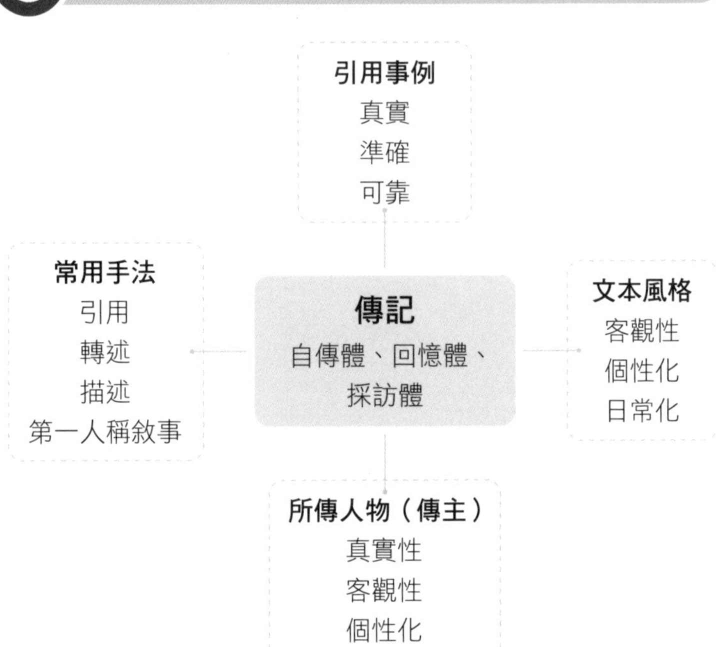

知識地圖

一、文本類型

傳記包括自傳體傳記、回憶體傳記、採訪體傳記，以及特殊體例傳記等等。

【自傳體傳記】 指某一人物自己所寫的、記載自身生活經歷的文體。對自己人生進行全面記錄的一般稱為自傳，如《馬克·吐溫自傳》、愛新覺羅·溥儀的《我的前半生》等；而以記載自己生活中的某些片斷或某一方面經歷為主的則一般稱為自述，如《彭德懷自述》。

【回憶體傳記】 這類傳記的作者往往是傳主的親屬、朋友、同事或下屬，他們主要通過自己的回憶來記錄傳主的生平事跡。

【採訪體傳記】 這類傳記的撰寫者一般與傳主本無交往，或是與傳主相隔幾代的後人。他們主要通過採訪傳主的親友，搜集相關資料，經過選取和創造形成傳記。如羅曼·羅蘭的《名人傳》、魏巍的《鄧中夏傳》等。

> 除了傳統的散文體傳記外，還有一些特殊體例的傳記。比如 80 後詩人、學者風來滿袖所著的《被隱喻的四月——徐志摩詩傳》就是中國文學史上第一部詩體傳記。

二、文本要素

【傳記人物】 即文本中出現的相關人物，其在文本中的形象應符合以下特徵：

- 基於真實人物所立的傳記，不可虛構；
- 人物的生平講述要尊重同時代的個體和事件；
- 所傳人物應體現其個人特點，避免人物形象的扁平化。

【傳記事例】 即與傳記人物相關的事件和經歷，其在文本中應具有以下特徵：

- 基於事實，選取所傳人物生平中相對重要的事件和經歷；
- 與主題配合，關於事件、對話和相關人物的信息確保準確；

- 藉助回憶，展現人物生活的語境，與讀者建立信任。

【傳記手法】 指在記述傳記人物和敘述的過程中所使用的表述方法，通常會使用引用、轉述、描寫等方法，為讀者提供較為全面和翔實的時代背景、社會環境以及人物狀態等信息，並通過第一人稱進行敘事。

【傳記文字】 指傳記文本所使用的文字語言，應具有以下特徵：

- 避免太過個人化的表述，應確保文本的準確性；
- 符合所傳人物的特點，以展現其真實的人性；
- 避免使用容易產生歧義的表述。

三、語言特徵

【準確】 指傳記語言在詞語使用上的精準恰當，素材的選擇具有典型性且基於事實。語言的準確性要求作者使用的語言不能夠模棱兩可，同時也需要作者對於所使用的描述性語言盡量做到公正客觀，進而達到準確這一特徵。

【平實】 指傳記這一區別於文學的非文學文體的語言通常近乎平實，詞藻不會過於華麗，這樣的語言特徵能夠為讀者呈現人物的真實生活經歷，有利於讀者的解讀。

【生動形象】 指在傳記寫作過程中適當使用散文中的描寫、記敘等表達方式，如使用形象生動的語言展示所傳人物的生活場景，這樣的語言特徵能夠使人物生活躍然紙上，展現鮮活的人物形象，而不是死板的歷史記錄。

【富有文采】 傳記語言的文采性指通過流暢的表達、清晰分明的層次以及合理的文章佈局，加上生動形象的語言以及準確平實的表達，幫助讀者領略不同傳記體文本之中富有文學性色彩的語言特徵。這一特徵與傳記語言的準確、平實等方面並不衝突，因為傳記不等同於歷史記錄，其文采的體現也不同於文學作品。

備考筆記

重點知識

自傳體傳記　回憶體傳記　採訪體傳記

學習筆記

04

博客

文體介紹

博客（blog），中文又名網絡日誌，也有人將其音譯為“部落格”，是指在互聯網發展的前提下，人們利用軟件編輯文章，在網絡上發表與出版，並進行定期管理和更新。博客上的文章通常以網絡格式出現，並且按照時間先後倒序排列。

博客為人們提供了書寫自己生活和經驗的網絡空間，留言、回覆等互動功能則增加了人與人之間交流和溝通的契機。

整體把握

語言
主觀性、互動性
個性化、多樣性

非文字要素
有效的圖像和照片
有效推廣的超鏈接

博客

內容
導入式開頭
富有信息量

形式
具有吸引力的標題
切實有效的小標題
捕捉眼球的描述標籤

知識地圖

一、文本類型

按照功能，博客可分為以下幾種類型：

【生活類博客】 指在個人博客上的發表關於自己生活和體驗的網絡日誌。

【集結類博客】 指博主將自己寫的文章按照一定的編排方式發表到自己的博客上，形成一種文章集結。

【觀點類博客】 由於博客受眾廣泛，發表的內容不拘泥於一類。因此，博客文體的多樣性意味著博主可以使用多樣的表達方式進行寫作，從而展示個性化的觀點。

【社交類博客】 即通過博客文章來結交在某個領域具有相同見解和喜好的博友。

二、文本要素

【博客標題】 通常使用富有感情色彩或個人特色的表述來擬寫，讀者常常會按照自己的喜好和情緒選擇閱讀內容。

【博客導入】 即博客的首段。作者通常會選擇一個讓讀者感同身受的例子、一段奇聞異事，或提出一兩個問題，從而有效引起讀者的閱讀興趣。

【博客小標題】 即以行文段落的關鍵詞或關鍵句擬設的具有引導性或概括性的標題。小標題的作用是讓閱讀感受變得更加舒適，方便讀者進行有目的的選讀，並增加被搜索引擎捕捉的幾率。

【博客主體】 即博客主要內容的段落。主體部分的信息通常與博主所傳達的目標緊密相關，內容可以包括博主對生活的觀察、一種全新的生活方式，或生活中不經意的趣事。

【博客圖片】 博客需要有效的圖片和照片，而在使用與文字相關的圖片時，還可選擇相應的字體，採用不同的配色方案等，進而提升博文的整體視覺效果。

【博客超鏈接】 超鏈接即網址鏈接，通常附在文字或標題下方，在博客中位於左側或右側的標題欄裏，是一種有效的廣告模式。超鏈接能夠增加鏈接文章的點擊量，擴大其影響力。同時，也能讓讀者進一步閱讀相關內容，進行有效學習。

【博客描述標籤】 即相關搜索中的關鍵詞。寫好描述標籤，能夠增加博客的閱讀量，使博文具有長時間的閱讀價值。

三、語言特徵

【主觀性】 博客語言的主觀性，體現在其敘述符合博主個人視角、基於博主的自身經驗。主觀性也體現在對所分享事物或經驗的第一視角上。由於博客基本都以第一人稱進行敘述，這也增強了敘述的真實性。

【互動性】 博客語言的互動性，體現在博客中所使用的具有行為召喚力的句式（如祈使句），目的是與讀者進行有效的互動，號召讀者或受眾行動起來，如引導讀者進行評論，或點擊查看以往的博文等。互動性還體現在博主有目的地將潛在的讀者作為交流對象，在文中有意識地加入互動性的對話、問題或期望等。

【個性化】 博客語言的個性化，指的是博主能夠利用個人語言特徵組織語言。可以是標新立異的，也可以是大眾化的，根據博客的目標群體而定。

【精簡性】 博客語言的精簡性，即博客的語言精準、結構簡練，使人讀起來不易產生疲勞。請注意，長篇大論不適合博客文體。

【語體自由】 即博客所使用的語言形式的多樣性，包括口語、書面語以及現在流行的網絡用語。博客常用口語類表述，因為書面語太過正式，不利於與讀者建立良好的溝通。一些博主也會選用流行的網絡用語。這類語言針對特定群體，通常會包含一些小眾符號或特殊表達。

【表達方式多元】 即在行文中使用多種表達方式（如記敘、議論、描寫、説明等）。隨著新媒體的發展，越來越多博主會將多媒體的表達方式運用在博客中，如加入圖片、短視頻等。

備考筆記

重點知識

發表　描述　標籤　超鏈接　互動性　個性化　自由語體

學習筆記

05 小冊子／傳單

文體介紹

小冊子（brochure），又名宣傳冊，通常用於產品宣傳或服務。小冊子通常只用一張紙印刷出內容，再進行對折或三折疊，變為四個或六個版面，便於讀者攜帶和翻閱。小冊子的內容分佈於不同版面，結構清晰，有利於讀者更好地了解其中的信息。此外，也有部分宣傳冊為多頁數印刷，包含完整的封面、目錄等內容。

傳單（leaflet），又名宣傳單。與小冊子相似，通常印在一張紙上，可以印在 32 開尺寸的單張紙上，也可以印在大開本的紙上，進行對折或多折。傳單可用於產品或服務宣傳，也可用於非商業宣傳，如教育政策、防疫安全、宗教信仰等。傳單經常在公共場所中人流密集的地方免費發放，這些場所受眾較多，當然，隨機性也較強。

整體把握

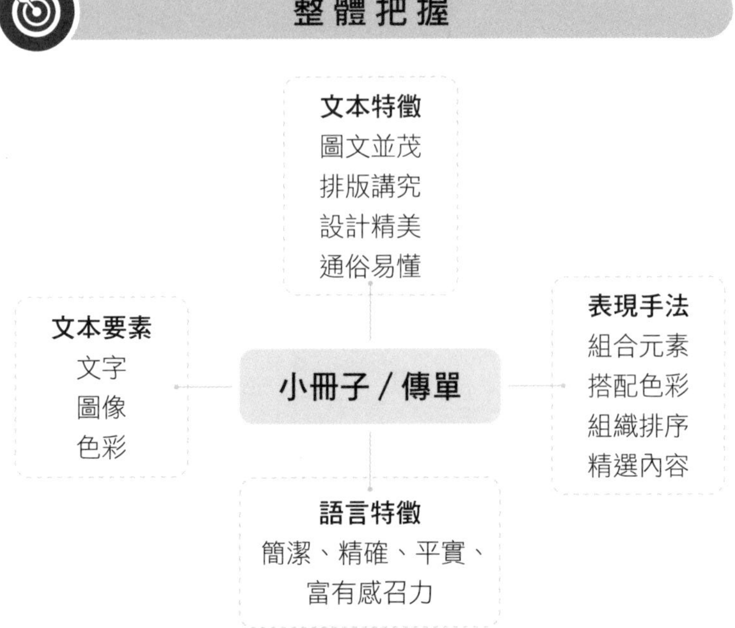

知識地圖

一、文本類型

【商業傳單】 以商業宣傳為目的而設計和製作的傳單，例如健身中心經常會在地鐵等公共場所向公眾發放的單子。

【非商業傳單】 以公共事業宣傳為目的設計和製作的傳單，例如公益獻血等內容的單子。

【產品類小冊子】 通常擺放在商店產品貨架附近，或者製造公司產品展示欄旁邊的，用於引導讀者對產品進行了解的宣傳性小冊子。

【服務類小冊子】 一般是服務類的公司在接待處放置的，用於向客戶介紹服務類別和收費標準等內容的小冊子，例如旅行社通常會在架子上放置一些用於宣傳某些旅行線路的小冊子。

二、文本要素

【小冊子 / 傳單文字】 即文本中所使用的不同語言的書寫符號。一般來説，字體和字號的選用要遵循鮮明、易讀等原則，字體和字號的設置要根據小冊子的目的而進行，風格則應根據內容而變換，或嚴肅，或活潑，或古典，或新奇。文字部分包含標題、副標題、標語、正文等，這些文字在字體和字號的安排上要有所區分。文字的字數、行間距也應遵循簡潔清晰的原則，盡量避免版面擁擠，影響閱讀的體驗和效率。

【小冊子 / 傳單圖像】 即文本中採用繪製或拍攝手法形成的圖像內容。圖像包括具象和抽象兩種。具象的圖像包括拍攝的照片或繪製的圖畫，抽象的圖像包含線條或各種形狀的抽象元素。這些圖像要素有效地提升了小冊子的表現力，配合文字及其他元素，能夠更好地表現產品信息和特色、企業文化和理念，將宣傳的重點凸顯出來。另外，企業或公司也會將自己品牌的商標或商標元素融入圖形之中，從而加深受眾對產品及企業的印象。

【小冊子 / 傳單色彩】 即文本字體、版式等方面所使用的顏色。色彩的應用、明暗的對比等設計風格既要符合產品定位、公司形象、企業文化等，也要在表達效果上起到助力的作用。

色彩能夠產生視覺衝擊力，大膽的配色能夠引起讀者的關注。同時，公司或企業也會使用與自己品牌、商標相關的顏色，這樣能夠做到內在統一，讓讀者在閱讀相關信息的同時，感受到公司或企業通過色彩所呈現出的內核。例如，一家食品公司顏色鮮豔的宣傳冊，象徵著食品新鮮的寓意，回應了受眾對產品的潛在要求。

三、語言特徵

【簡潔】 即簡明扼要，多使用單句，重點突出，儘可能減少不必要的描述，著重突出企業形象、產品特點、服務內容等，易於讀者閱讀和理解。

【精確】 即詞語的選擇、句子的表述等方面應精準，力求以真摯、嚴謹的語言特徵吸引讀者，從而更好地傳達信息。

【平實】 即使用較為大眾化和通俗的語言形式，避免過分誇張、粉飾或贅餘的宣傳語言所造成的適得其反的效果。

【感召力】 即選擇富有感染力的詞語和具有行動力的祈使句，使文本在整體上呈現出較強的感召力。

四、表現手法

【組合元素】 將文字、圖片、圖形、表格、人物形象等進行有機、和諧地組合，在整體效果中呈現富有邏輯的表意層次，突出重點信息並引導讀者閱讀。而雜亂的版式，無序的內容，則會使讀者產生較差的初始印象。

【搭配色彩】 色彩代表一種風格，能夠傳達公司或企業的內在理念，同時也是吸引讀者的重要元素。合理地搭配色彩，不僅能夠有效傳達內容外的隱含信息，同時也能夠從外觀上呈現獨特的風格，使該文體富有感染力和衝擊力。

【組織排序】 將精選的內容，例如標題、吸引眼球的文字等等，放在版面居中、置頂或明顯的區域。將其他相關信息，例如產品詳情、服務信息、聯繫方式、活動安排等等，用小號字體排在版面底部等作為補充。目前，許多小冊子或傳單的補充信息，通常以二維碼等觸發媒介的形式出現，既讓讀者有機會了解版面之外的內容，也使文體呈現出簡潔的特徵。

【精選內容】 要選擇切實有效的內容。因為精選內容能夠突出公司或企業規模、資金、人員、產品、服務、理念、研發能力等方面的重點，讓讀者對相關公司產生積極的印象，從而對產品產生期待。注意所選信息不應過於密集，羅列過多的宣傳內容會造成閱讀上的費時費力，而將這些信息放在附加信息資源裏會更為有效。

備考筆記

重點知識

圖像　色彩　編排　組合元素

學習筆記

06

動漫作品

文體介紹

動漫作品（cartoon），在中文語境裏指的是動畫和漫畫。它是一個合稱，而不是一種具體的文體形式。在英文語境裏，cartoon 起初主要指漫畫。歐洲在 16 世紀就有類似漫畫的作品，伴隨着資本主義和文藝復興的興起，漫畫逐漸成為百姓能夠接受的一種藝術形式。後來因為技術的進步，電影、電視的出現，逐漸催生並發展了動畫這種動態漫畫的形式。

漫畫是用簡單而誇張的手法來描繪生活或時事的圖畫。一般運用變形、比擬、象徵、暗示、影射的方法，構成幽默詼諧的畫面或畫面組，以取得諷刺或歌頌的效果。漫畫一般具有較強的社會性，也有純為娛樂性的作品。

動畫是一種綜合藝術，是集合繪畫、漫畫、電影、數字媒體、攝影、音樂、文學等眾多藝術門類於一身的藝術表現形式。簡單地說，不論拍攝對象是什麼，只要它的拍攝方式採用的是逐幀拍攝的方式，觀看時連續播放形成了活動影像，就可以稱為動畫。

整體把握

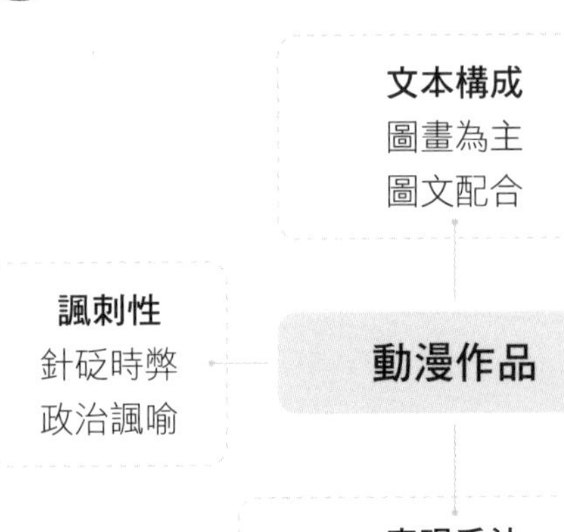

知識地圖

一、文本類型

漫畫有多種分類方式。按地區分類，有中國漫畫、日本漫畫、歐洲漫畫等。按讀者群分類，有兒童漫畫、少年漫畫、青年漫畫等。按照題材，漫畫可分為校園漫畫、推理漫畫、冒險漫畫等。而動畫的類型也有很多，按材料類型可分為粉筆動畫、貼紙動畫、黏土動畫、膠片動畫、沙動畫、水墨動畫、皮影動畫等。

常見的漫畫形式

【單格漫畫】 指的是在一個漫畫框中呈現一個故事的漫畫形式。

【四格漫畫】 指的是一個漫畫框被分成四格，每一格呈現一個場景以及場景中的人物，四格內容綜合起來，便能講述一個完整的故事。

【故事漫畫】 一般指在專業的漫畫雜誌上連載或集結成冊出版的漫畫形式。現代故事漫畫是如今最常見的漫畫形式，其中尤以集娛樂性、藝術性、商業性於一體的日本漫畫最為突出。此外，故事漫畫還包括連環畫。連環畫雖然在現代比較少見，但在 19 至 20 世紀曾興盛一時。

二、語言特徵

漫畫的語言特徵指的是其在繪畫語言上的整體風格。

【寫實】 即漫畫中人物的五官、身形、服飾等參照真實世界的比例模型繪製出來，人物及所處環境的呈現都如真實世界一般。這類風格的漫畫力圖通過寫實手法來還原並營造一個符合特定人群觀賞需求的世界。

【白描】 指通過精簡的筆法，抓住人物和風景等主要特徵而進行繪製的漫畫風格。白描類畫風簡潔，多以線條為主。畫面並不華美，但這類風格的漫畫很好地抓住了人物的特徵，畫出來的人物不管男女都很俊美，給人以清新脱俗之感。另外，使用中國水墨畫技法創造的動漫作品也會使用此類化繁為簡的風格。

【唯美】 即通過色彩、場景構建、人物形象塑造等一系列手法所達成的具有審美特性的漫畫風格。唯美類漫畫的理念是“一切為了唯美”，除了畫風華麗，色彩運用豐富以外，漫畫的劇情、意象表達等也具有唯美特徵。

【可愛】 指其在人物形象塑造和故事情節設置方面突出使人憐愛的元素的漫畫風格。可愛類的動漫通常具有這樣的特點：人物形象眼睛大，嘴巴小，下巴尖，身型圓潤。作品所營造的可愛的風潮，能夠讓讀者產生憐愛之感，同時也為處在生活壓力之下的人們提供放鬆心情、愉悦身心的作用。

【簡單】 指不追求畫面美感，往往只表意而不表形的漫畫風格，和唯美類不同，其畫風簡單，畫技單調，有時僅僅使用基本的線條和色彩。此類畫風的作品多以故事情節取勝，以真誠樸實的筆觸讓讀者感受到簡單的魅力。此外，極簡的漫畫作品僅僅通過十分簡單的故事情節也能夠博得讀者的青睞，例如《老夫子》《三毛流浪記》等。

三、表現手法

【誇張】 指將人物外形、五官等進行修飾、符號化，從而突出人物的情緒、態度、反應等的手法。例如，陰影的使用便是其中一種表現誇張的表情印象的重要元素：消沉的表情加上深色的陰影就會變成深深的悲傷；生氣的表情加上陰影就會變成非比尋常的憤怒。又如，可以通過增加符號或運用簡單的線條來呈現誇張的效果：把人物眼睛變成兩個符號化的圓圈，來表現人物的過度驚訝；在頭部兩側增加兩個汗滴符號，來表示尷尬的情緒；把眼睛、嘴巴或鼻子的形狀改成你想要的心形、梯形、圓形等，通過將複雜的構圖改為簡單的線條和圖形，從而表現人物的愛慕、驚訝等誇張情緒。

【變形】 指通過改變人物的頭身比例、面部五官形狀或比例等方法，傳達特定的目的和情感。例如，在國外的政治漫畫中，可以把主要人物的頭放大，呈現一個固執的、缺乏同情心的巨嬰形象，從而達到諷刺的效果。

【象徵】 指在畫面中加入一些具有象徵意義的符號、物件等，來起到諷刺的目的。象徵也可以通過色調、人物的表情和穿著等各種元素來解讀。例如，民國時期關於外國列強的漫畫中，通過動物的象徵表現了不同國家對中國的掠奪。

【比擬】 即通過一個事物來模擬另外一個事物。通過比擬，漫畫作者能夠將在現實生活中無法表達的想法投射在漫畫人物或事物上，從而令讀者產生感同身受或者引發思考的作用。例如，漫畫中常常會用動物來模擬現實生活中的人物形象。

【暗示】 即作者通過對人物進行變形、誇張等突出表情的手法，或者通過言語、動作等方式，以及通過背景事物的刻畫，向讀者傳達某些隱含之意。

【對話框】 指漫畫中用於展示人物間對話的幾何圖框。對話框的目的是為了讓人物發聲，讓讀者直觀地看到故事中相關人物的想法。這有助於讀者理解作品的意圖，同時與作者產生交流。對話框的形狀和樣式也間接反映了動漫人物的心理狀態，比如，在漫畫中加入“爆炸”形狀的對話框和擬聲詞，可以表現漫畫場景裏的爆破場面，或者漫畫人物憤怒的情緒等。

【視角】 作為視覺作品，動漫作品的呈現也有視角的介入。視角指漫畫作品在創作時，作者從何種角度來呈現人物和場景。

可以通過仰視、俯視、第一人稱視角、客觀視角、上帝視角等影視和小説創作的同類手法，來呈現一個豐富多彩的漫畫主題以及內容。

備考筆記

重點知識

寫實　唯美　比擬　變形　對話框　暗示　視角

學習筆記

07

圖解

文體介紹

圖解（diagram），又名“圖表”，是通過符號展示、表達信息的方式。圖解將單調的數據或信息變為一套相對獨立的可視化系統，通過線條、數字、變量、圖形、色彩等要素，向讀者展示一種有對比性的信息集合。讀者能夠在較短時間裏掌握相關語境下的具體數據，並對所關注事件作客觀的補充和解釋。在多媒體蓬勃發展的今天，圖解在專題報告、調查分析、新聞報道、呈現演示等多種語境中已廣泛使用。

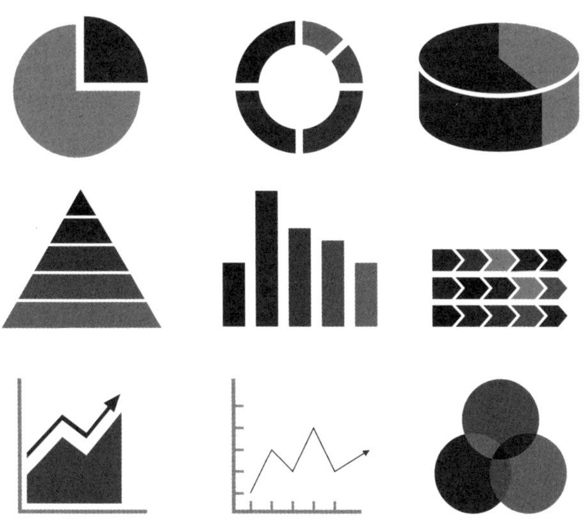

整體把握

定義
通過線條、數字、變量、圖形、色彩等要素展示和表達信息的方式

數據關係
構成、比較
趨勢、分佈
聯繫

圖解

文本類型
邏輯、概念圖解
定量圖解
示意圖解

語言特徵
清晰、直觀、簡潔

知識地圖

一、文本類型

【邏輯、概念圖解】 即對大量物件、邏輯、概念之間的關係進行呈現的圖解，包含樹狀圖、腦圖、流程圖、維恩圖、存在圖等形式。

【定量圖解】 用於展現離散或者連續值域上兩個變量之間的關係，包含條狀圖、柱狀圖、餅狀圖、氣泡圖、線性圖等形式。

【示意圖解】 即以表示某些因素之間的關係為內容的圖解，包含圖表圖、人口密度圖、三維構造圖等形式。

二、文本要素

【圖解數據】 即圖解所表達的變量、項目、指標等方面的數值。

【圖解色彩】 即圖解繪製時所使用的顏色及顏色效果。色彩的使用根據受眾和呈現方式有所變化。例如，在地圖圖解中，紅色或深色通常用於表示高密度或高數值地域。

【圖解繪圖】 即圖解呈現所採用的繪製方法，如線條、圖形、描點等。這些繪製方法能夠使圖解數據可視化。

三、語言特徵

圖解的語言特徵指在具體手法下呈現出的整體特徵，具體表現為：

【清晰】 即數據關係直接明了。好的圖解需要根據數據關係，以最有效的圖解形式來呈現。清晰的數值和線條對於讀者理解數據的趨勢和變化規律都更為有效。

【直觀】 即圖解的呈現沒有暗示或隱含的手段。圖解在形式選擇、設計與佈局上通常表現出直接、通透的特點，必要時還可以多個圖解配合展示。此外，圖解的使用也要避免重複，避免造成閱讀上的審美疲勞與理解含混。

【簡潔】 即圖解在呈現數據關係方面所涉及的參變量簡潔明了。通常來說，圖解所表現的項目或變量不會超出一定範圍，一般表現為兩個變量，而氣泡圖解則表現三個變量關係。圖解所呈現的項目數量也不宜超出其所承載的範圍，例如餅狀圖解，所顯示的項目不宜過多，從而避免造成繁瑣的觀感。

四、呈現方式

【條型圖解】 通常用於數據的比較關係中，按照一定條型長度進行排列，讀者能夠直觀地看到數據內容，從而對其中的數據關係一目了然。

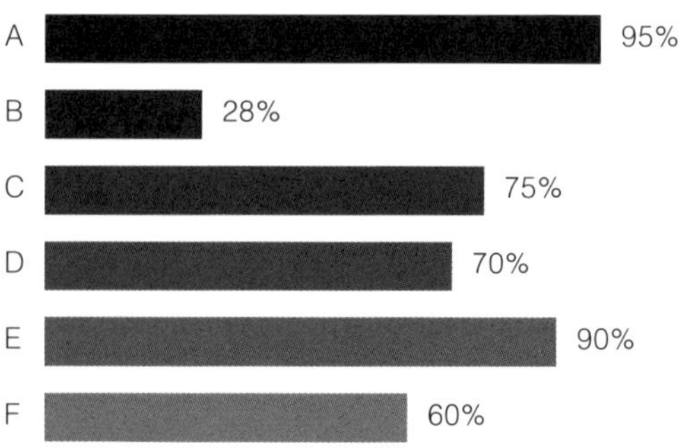

【柱狀圖解】 通常用於呈現數據分佈關係中，通過柱狀高低展示具體項目的頻率或分佈情況。當然，如果數據較少，柱狀圖解也可以表達數據的變化趨勢。柱狀圖解包含單指標柱圖、雙指標柱圖以及堆疊柱圖，用於體現指標在某個範圍內的分佈情況。

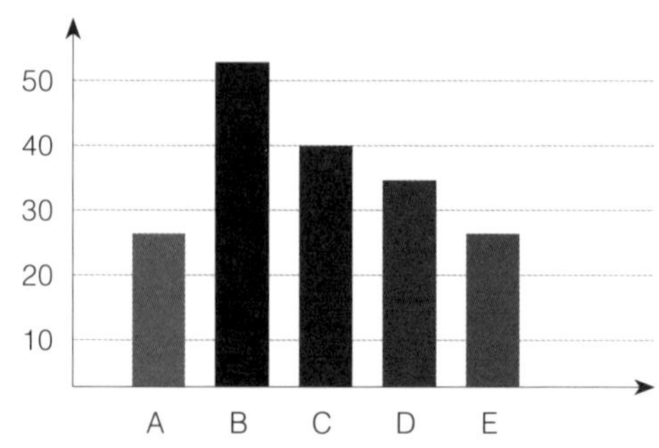

【線條圖解】 即通過直線依次連結柱狀圖解每個柱狀的頂點，從而呈現出一個變化的曲線圖解。此類圖解通常用於表達隨時間變化所呈現的數據變化趨勢，被廣泛用於展現經濟走勢以及對未來數據的預測中。

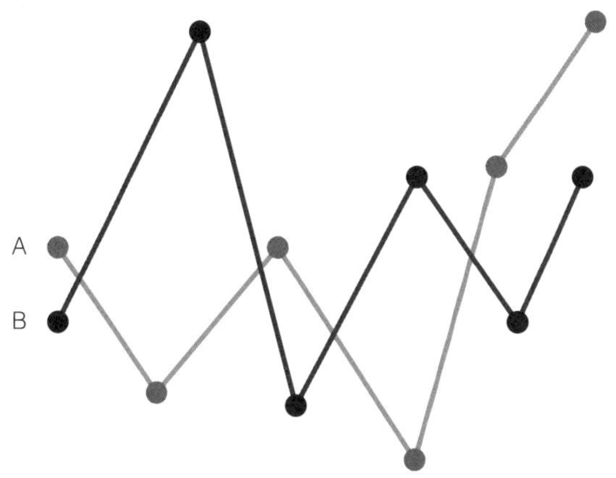

【餅狀圖解】 即用於展示部分佔據整體的百分比。餅狀圖解具有整體性，切分不同區域來展示不同項目所佔整體的大小，能夠讓人直觀地了解到數據內容。當然，如果當個別項目的數據比較接近時，則需要使用柱狀圖或線性圖來表現數據變化的規律。

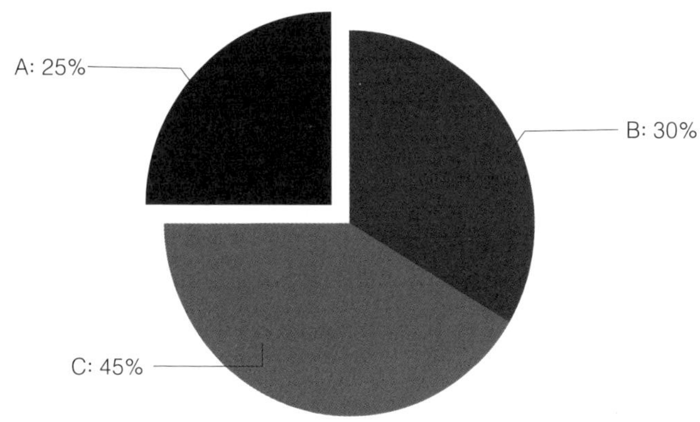

【氣泡圖解】 即用於展示三個變量之間關係的圖解，也就是說，用二維圖表來呈現三維的變量關係。

【面積圖解】 與線條圖解類似，即用線條覆蓋的面積表現數據變化的趨勢，並通過顏色變化進一步展現數據關係。

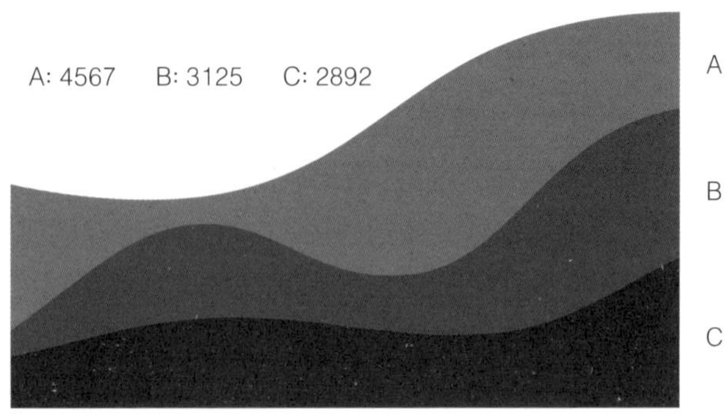

【漏斗圖解】 即用於展現逐層分析的過程。從一個總值往下，剔除不相關的成分，最終留下有關聯的數值。

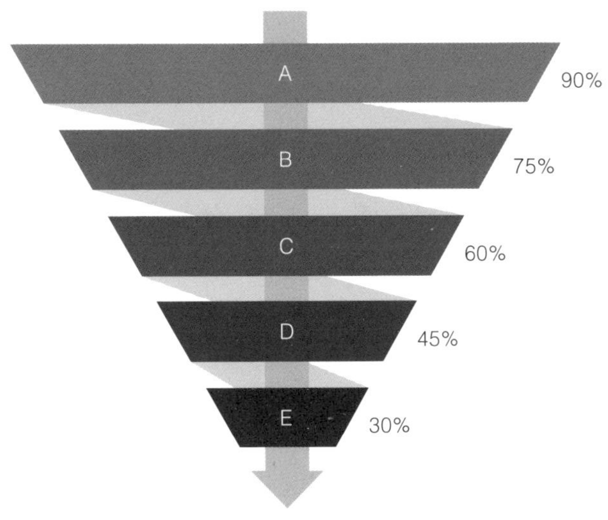

【金字塔圖解】 即用於呈現具有金字塔結構的數據，例如人口分佈、營養構成等。

【雷達圖解】 即用於表達描述對象的主要數據參數之間的關係。由點連成的線所構成的區域越趨向外側的圓，則越能表明描述對象的完美性。

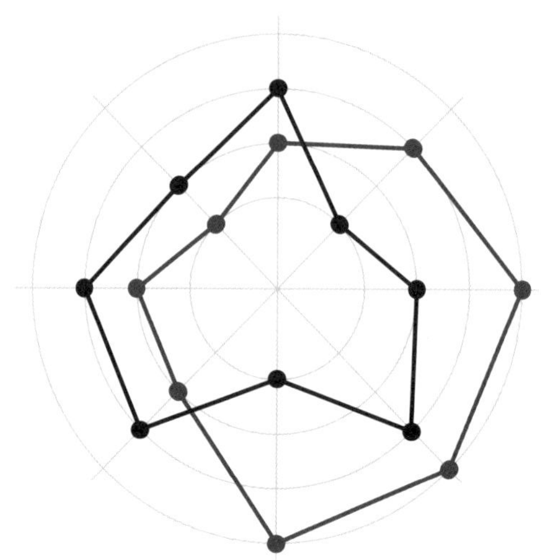

【地圖圖解】 即以地圖的不同區域來呈現數據的密度，通常分為區域地圖、散點地圖和熱力地圖，如區域地圖主要以不同區域的顏色深淺表現數據大小的分佈情況。

【表格圖解】 即通過建造指標與多級項目了解數據的呈現。任何圖形圖解都可以轉化成表格圖解，許多圖解也可以依照表格圖解進行轉化製作。

	Item A	Item B	Item C
January	77	50	32
February	68	90	32
March	72	76	55
April	84	66	86
May	57	53	42
June	66	68	77

五、數據關係

【構成】 即關注圖解中部分與整體的比例關係。

【比較】 即圖解中兩個或多個數據在大小、多少、高低等方面的呈現。

【趨勢】 即圖解中的變量隨著某個因素（如時間）的變化而形成的走向趨勢，如增長、減少、上升、下降等。

【分佈】 即關注圖解中某一數值範圍所包含的數量或項目的多少。

【聯繫】 即圖解中兩個或以上變量之間變化趨勢的相關性。

備考筆記

重點知識

邏輯、概念圖解　定量圖解　示意圖解　圖解數據

圖解繪圖

學習筆記

08

日記

文體介紹

日記（diary），意為每日一記。日記是以第一人稱“我”，對一天中的所見、所聞、所感的真實記錄，屬於記敘類應用文。日記記錄了個人的活動、感受和思考，篇幅沒有限制。

日記具有鮮明的個人色彩，有的日記在公開出版後還具有一定的史料價值。日記通常具有文學性，比如，使用了散文體的日記就會具有散文的表現手法。此外，有些小說創作會借用日記體，以突出敘事的真實性和時序性。

整體把握

日記

文本類型
備忘式日記
感想式日記
專題式日記
自由式日記

語言特徵
精煉性
獨特性
自由性
真實性

文本特徵
第一人稱敘述
非正式語體、時間元素
行文自由、個人印記

知識地圖

一、文本類型

按照功能，日記可分為以下幾種常見類型：

【備忘式日記】 篇幅短小，通常用於記錄日常事務，以備需要時查看。

【感想式日記】 多為事後心得，或對周圍事物的看法、評價等。這類日記的主要目的是記錄心理或思想變化。作者通過這類日記記載自己的心路歷程，有助於成長和進步。

【專題式日記】 用於對某一特定內容進行長時間的記錄，例如實驗日記、觀察日記、旅行日記等。

【自由式日記】 我們平時大多使用的日記形式即為自由式日記。該類型沒有特定的書寫範式，可以用於備忘，可以直抒胸臆，也可以對當天的所見所聞進行記錄和描寫。

二、文本特徵

【第一人稱敘述】 日記通常使用第一人稱，有時也會使用第二人稱（稱呼自己為“朋友”或使用昵稱）進行記錄。第一人稱敘述視角的使用能夠直接反映作者當下情感、體驗在記錄中的真實性。

【非正式語體】 日記所運用的語言具有口語化和個性化特點，篇章結構通常較為鬆散。日記的呈現形式較為封閉，因此，日記語言和結構的安排並無固定的範式可循。

【時間元素】 即文本中表明時間的內容，如日期等。注明日期有助於作者日後進行翻閱。此外，記錄日記的時間段也會影響日記的內容，可以在一天開始前，在日記中表達自己對新的一天的期待和暢想，也可以在一天結束前，對一天中的經歷進行回顧。日記具有一定的時間排序，時間靠後的日記內容可能會包含此前的日記。這也能幫助作者回憶當初的事件走向和心理變化。

【行文自由】 即作者依照自己的喜好，自主選擇記敘方式。自由是日記最重要的文本特徵，具體表現為表達方式的自由、結構安排的自由、篇幅長短的自由，以及寫作手法上的自由。日記的作者可以使用任意一種表達方式進行記錄，這暗示著作者當天的記錄重點和寫作目的。在結構上，日記通常會在開頭對當天的事情進行大致的回憶，然後將記錄的重點引向文章的主體內容。由於日記是在私密空間中創作的文本形式，因此作者很容易沉浸在自我的表達和敘述中，文章的邏輯性通常較弱。

【個人印記】 即文本中能夠表現個人特有認知的內容，可以是獨特性的視角，也可以是獨特性的情感、思想等。日記文本呈現出鮮明的個性特徵。作者通常使用相似的文本結構，並選用自己較為熟悉的行文風格，從而呈現自己獨特的見解和觀察，甚至在詞語的使用上也具有一定的喜好和隱喻。

三、語言特徵

【精煉性】 即書寫日記時簡明扼要的特性。日記通常使用較為簡潔的表達和結構，特別是備忘式日記。日記的簡潔性也表現為寫作手法的單一性。單一的寫作手法能夠避免回看時的繁瑣和疑惑，而複雜的表達手法會造成多年以後，當再次閱讀過往日記時，對記憶模糊的信息理解困難。

【獨特性】 即語言中包含作者個人語言習慣的特性。日記語言鮮明的個人特徵表現出日記文本的獨特性。作者通常會使用自己較為熟悉的表達方式，高效地捕捉這一天難忘的瞬間和片段，完整記錄事情發生的前後經過，這些或多或少反映在日記的結構安排和語言組織上。

【自由性】 即作者所用結構和語言表達可以不受其他文體因素的約束，如受眾和目的，因此也沒有明確的評判標準。日記很少會被公開發表，因此，功利性的缺失也就自然為日記作者打開了更為自由的創作天地。

【真實性】 即作者所使用的語言要儘可能還原作者真實的感受和想法。作為一種自我溝通的文體形式，日記的內容具有天然的真實性。即使結構鬆散，也真實地反映了作者當下的心理狀況。

備考筆記

重點知識

備忘式日記　感想式日記　專題式日記　自由式日記
非正式語體　行文自由

學習筆記

日記

09 電子版材料 / 文本

文體介紹

電子版材料 / 文本（electronic texts），通常指兩類文本，一類是通過一定編碼系統創造或轉化的，用於電腦或手機的文本形式，這類文本可以被電腦和手機軟件所識別處理；另一類是打印版材料的電子化格式，用於電子設備閱讀，通常是紙質版的電子複製版本，可以在網絡瀏覽，也可以存儲使用。

電子版材料 / 文本的出現是現代電子科技發展的結果。隨著計算機等設備的發展和普及，越來越多人能夠使用這類電子設備閱讀和處理文本，從而呈現多樣化的電子版文本形式，並越來越多地被用於不同的領域中。

整體把握

文本類型
可編輯文本
便攜式文檔格式文本
電子教材
電子雜誌、電子書
網絡文本
手機終端文本

適用場合
日常生活
大眾傳媒
參考資料
學習教材
信息傳輸

電子版材料 / 文本

表現手法
增強互動性
適配閱讀平台
美化界面

文本特徵
圖形用戶界面
交互性素材
互動性設置
多媒體呈現

知識地圖

一、文本類型

根據文本的使用場景，電子版材料 / 文本可分為以下幾類：

【可編輯文本】 即通過軟件對字體、字號、間距、文字內容、格式等進行編輯的電子文本類型，可以下載和上傳到指定存儲端。這類文本通常用於工作或學習時系統內部信息的交流共享。

【便攜式文檔格式文本】 即以一定格式傳輸於不同設備的電子文本類型，如我們常說的 PDF 格式文本。這類文本通常用於文件傳輸，或將文本轉化為可存儲的電子化形式。小冊子或傳單常常使用這類文本。PDF 閱讀器包含圖標界面，通過這些圖標，可以進行簽名或加入意見。因此，此類文本被廣泛用於資料的保存、備份和審閱，以及雙方合作時簽訂的正式文件。

【電子教材】 即大型出版公司在配合或減少紙質教材的同時，積極開發的電子版教材，便於居家學習或網絡學習者使用。電子教材與紙質教材在內容上沒有差別，但增加了互動界面，能夠通過點擊圖標來翻閱，並進行適當的縮放。電子教材中也可以嵌入網絡鏈接，補充教材以外不同類型的資源。此外，還會放入音視頻，增強教材的可讀性。

【電子雜誌】 即紙質雜誌的電子版本。隨著紙質雜誌淡出讀者視野，很多雜誌社轉型製作電子雜誌，通過電子雜誌閱讀器，聲情並茂地呈現內容。電子雜誌除了能夠減少紙質印刷消耗外，也能夠像電子教材一樣嵌入音視頻，從而豐富讀者的閱讀體驗。電子版雜誌為了吸引並留住訂閱客戶，它的製作更為講究，呈現效果也更為精良。

【電子書】 即電子墨水屏開發和製造公司推出的電子版文本閱讀器上所能夠呈現的文本類型，通常是一些文學類文本。電子書中設置了不同功能的圖標，可以更改文本字號、字體、行間距等，從而提升個性化的閱讀體驗。互聯網的普及，使電子書有了互動性，讀者在閱讀過程中不但可以查找註解、添加書籤、標記批註等，還可以與其他書友溝通交流。

【網絡文本】 即網站中的文本，通過網頁設計工具編輯，並在網頁中呈現。網絡文本通常被嵌入網頁之中，可以被複製，但無法被更改，而且可以被搜索引擎通過關鍵詞搜索到。根據網站的需要，網絡文本以不同的形式或者文體內容出現。例如，博客網站的文本多為博客文體，新聞網站的文本則為新聞文體。

【手機終端文本】 即在手機上通過各種軟件來進行閱讀的電子文本類型。隨著智能手機的普及和發展，越來越多人會使用手機終端來閱讀相應的文本。手機通常會提供各種閱讀軟件，一方面代替網絡閱讀的體驗，一方面也取代了電子書閱讀的方式。由於手機端屏幕的顯示條件有限制，因此相應的閱讀軟件都會根據手機閱讀的體驗而適當改變版面以及文字的呈現方式，比如，一些文本的字體會居中，行間距會拉大，每行字數會縮減等等。手機終端文本可以通過對手機屏幕的點觸來進行閱讀操作、解釋或複製。

二、文本要素

【電子文本圖形用戶界面】 即電子文本中使用的圖形按鈕來作為交互媒介而形成的界面，這是電子文本區別於傳統文本最明顯的要素。隨著閱讀軟件的豐富和信息處理技術的增強，讀者對於電子文本的閱讀方式在不斷更新，越來越多的傳媒和相關公司會利用電子文本的圖形用戶界面來提升讀者的閱讀體驗。相對於輸入指令界面而言，圖形用戶界面可以很好地建立用戶和文本之間的交互模式，通過點擊或者觸碰某些圖形或者圖標，以達到對文本的調整和控制，從而方便、有效地閱讀文本。

【**電子文本交互性設置**】 即通過嵌入按鈕、圖形、鏈接等設置，使電子文本之間建立關聯，讓讀者與文本之間產生一定的交流。它能夠增加讀者閱讀時的內容範圍，並簡化傳統閱讀查找、驗證的過程。讀者在閱讀時，通過交互性設置可以對文本進行編輯、更改、重置、註釋等操作，增加閱讀的操控感，有利於豐富閱讀方式，增強讀者對內容的了解和記憶。

【**電子文本音頻**】 即電子文本中所嵌入的聲音素材。有些電子文本會在頁面嵌入背景音樂，不僅能增強文字的表現力，同時也將單一的文字閱讀體驗轉變為多媒體閱讀。

【**電子文本視頻**】 即在電子文本中嵌入的影視內容，主要目的是為文字描述增加現實感，以印證文字的內容或者豐富文字所描述的場景。有些電子文本也會加入動圖。相比之下，動圖比視頻更容易觸發和觀看，時間也較短，通常能夠起到營造氣氛、設定文本風格的作用。

【**電子文本互動性區域**】 即電子材料中用於作者和讀者進行溝通的區域，通常設置在文本的下端，用於留言和反饋等。多數的電子版文本都留有評論和留言等空間，讀者通過點擊相應的選項以獲得對這部分功能的使用。

三、表現手法

【**增強互動性**】 即通過加入讀者對文本的互動，加強讀者對文本的操控。這不僅能夠改變讀者的閱讀體驗、增強受眾與文本的互動，同時還能增強文本與多元化資源的聯結性及文本之間的互文性。

【適配閱讀平台】 即根據平台需求，通過調整文本的編排方式及存儲類型等，提升各平台讀者的閱讀體驗。不管是電腦、手機或電子閱讀器，都要求電子文本符合其閱讀的需要或限制條件（如用戶權限等），同時也要符合相應讀者的閱讀習慣。

【美化界面】 即根據文本的目的和預期受眾，用視覺元素加強文本的呈現效果，從而吸引更多的受眾。界面的優化和美化能夠增強文本的表現力，同時體現文本的風格。

備考筆記

重點知識

可編輯文本　便攜式文檔格式文本　圖形用戶界面
交互性設置

學習筆記

10 論文

文體介紹

論文（essay），在中文語境中，通常見於學術期刊以及平時的學科寫作，是研究者用於發表研究成果的一種文體。論文有著相對嚴格的結構，同時，作者的表述及概念引用都要符合專業領域的規範。英文文體中的 essay 更像是中文文體中的小論文或議論文，通常用於書面寫作，或發表於期刊的篇幅較短的文章，通常運用論據和論證來完成。

我們可以把論文這個文體分為正式和非正式兩種，正式的論文主要指篇幅較長的、具有嚴格學術意義的文章，如畢業論文、學位論文、學術論文等，英文為 dissertation。非正式的論文通常指通過論點、論據、論證進行寫作的議論類文章，其篇幅較短。

整體把握

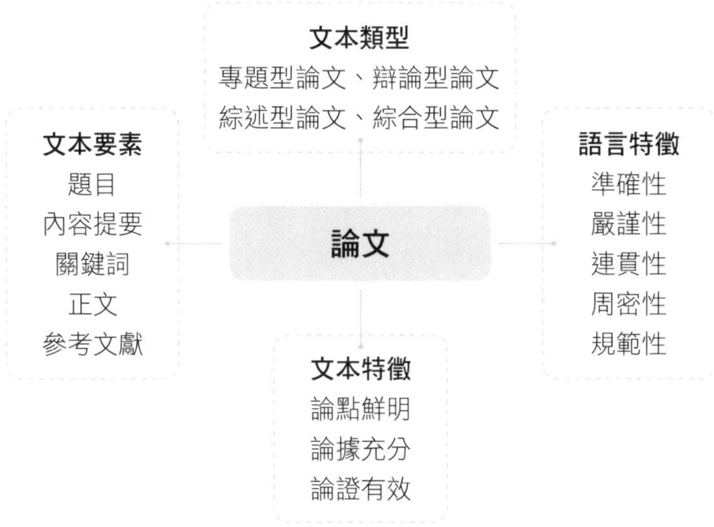

知識地圖

一、文本類型

按照行文方式，論文可分為以下幾類：

【專題型論文】 又名論證型論文。指在分析前人研究成果的基礎上，以直接論述的形式發表見解，從正面提出某一學科中某一學術問題的論文類型。

【辯論型論文】 又名實證型論文。指針對某一觀點或結論進行舉證，證明其可信或不足。此類論文也可以針對一個假設進行舉證，證明其正確或錯誤。

【綜述型論文】 指對前人的論證進行總結性表述，進而探討某些問題在這一領域的重要程度。

【綜合型論文】 又名“評述型論文”。指通過綜述和評論前人的研究，進而提出自己的意見和見解。

二、文本要素

【論文題目】 即概括論文整體內容的簡短語句，置於論文之首。論文的題目要將論文討論的重點以簡短的表述、突出的字體，以居中格式呈現在文章之首。字數不宜太多，可以包含副標題。

【論文內容提要】 即對整篇論文的主要內容進行的概括，置於論文題目下方，目的是幫助讀者在閱讀整篇論文前對內容有初步了解，同時對研究方向、研究方法等部分有大致了解。

【論文關鍵詞】 即能夠概括論文核心內容的、論文中反覆論述和強調的概念性詞語。提取論文的關鍵詞置於內容提要下方，能夠便於系統檢索，方便讀者的查找和閱讀。

【論文正文】 即論文的主體部分。正文部分需要細緻地安排結構和論證次序。通常來說，論文正文的開頭需要進行研究綜述或陳述研究目的，同時提出前人研究的不足，並在下文中分點對論文探討的議題進行條理分明的回應。結尾部分除了總結以外，也可以指出文章的局限以及應用範圍等內容。

【論文參考文獻】 即論文主體末尾所羅列的文章參考來源，以表現該論文學術的規範性、內容的可信度等。

三、語言特徵

【準確性】 指論文的語言要讓讀者了解論文所論述的要點是建立在作者精心調查、實驗、研究的基礎上的。不論是概念的使用，還是對論據的描述都要求準確。一般來說，模糊的表述會引起讀者的懷疑，也在一定程度上降低論文的權威性。

【嚴謹性】 主要體現在論文語言表述的邏輯中。無論是因果邏輯還是並列邏輯，都需要作者通過語言將其呈現出來。不論是段落還是句子之間，富有嚴謹性的表述能夠讓讀者更為重視作者的態度，從而產生深入的理解。過於鬆散隨性的語言特徵會讓論文失去嚴肅性。

【連貫性】 主要體現在論文的整體結構上，即通過語言的構建呈現出文本邏輯暢通的特徵。一篇好的論文需要整體一定的閱讀流暢性，這也能在最大程度上幫助作者更好地傳達自己的觀點並進行論證。

【周密性】 論文中語言的使用要考慮周密性，也就是說，既不能局限或絕對，也不能籠統或模糊。周密的語言特徵不僅能夠增加論文的理據性，還能讓讀者更好地把握文章的層次和邏輯。

【規範性】 論文寫作要符合相應學科領域的寫作規範，包括格式、術語、引用、表述方式等。好的論文要符合一定閱讀群體的理解和訴求，也要注意一定的語境因素，同時還需要關注讀者在閱讀時對規範性的基本期待。

四、文體特徵

【論點鮮明】 即對論文的核心問題進行集中闡述。在論文中，根據需要，作者可以設立不同的分論點來支撐中心論點。論文的篇幅決定了論點的寬泛程度，也決定了作者以什麼樣的結構對其進行論證。

【論據充分】 指論證過程中使用的多種論證手法所依據的內容應詳實。這些依據包含證據，可以是數據、事實、假設、言論、觀察結果等等。論據的使用通常會配合論點的內容和論文的類型，同時也要符合論文整體的風格。比如，在文科論文中，引用重要學者的研究會比非文科論文的比例大。

【論證有效】 即使用一定的論證邏輯，以有效的論證方法，並輔以具體的論據來對所要支撐的論點進行有條理的論述。在論證過程中，根據不同類型的論據，將產生數據論證、道理論證、事實論證、假設論證、比喻論證、對比論證、引用論證等論證方法。

備考筆記

重點知識

專題型論文　辯論型論文　綜述性論文　綜合型論文

學習筆記

11

百科全書條目

文體介紹

百科全書，指為人類全部知識概要或專門領域知識而編寫的知識，具有工具書的性質。百科全書按照一定順序所劃分的條目即為百科全書條目（encyclopedia entry）。

一般來說，詞典中的詞條專注於詞彙的語言學信息，如發音、釋文、語法等內容，而百科全書條目的篇幅比詞條長，側重於條目標題中主題的事實信息，如時間、範圍、起因、影響、歷程、人物等等。

為了將條目主題涉及的知識有效傳達給讀者，作者往往要通過配圖來輔助。百科全書條目的解釋很詳細，一般還會下設小標題。

整體把握

百科全書條目

文本要素
標題：名詞性簡介
正文：可下設小標題
圖表：配合文字
文獻與其他條目鏈接

編排原則
客觀形成性
通用性
準確性
名詞性
主題單一性
非論文性
非指導性

語言特徵
客觀性
正式性
權威性
精確性
通俗性

文本特徵
結構上的格式化
內容上的客觀性
語言上的精確性
風格上的通俗性

知識地圖

一、文本要素

【百科全書條目標題】 通常為具有概括性的名詞性短語，置於條目頂部。標題要遵循主題單一性原則（詳見 p70 詞條），並盡量保持客觀和準確。

【百科全書條目簡介】 指在進入正文之前簡單的介紹性語句。在進入具體描述前，標題下方通常會放置條目簡介，以便讀者大致了解條目概況。簡介部分能夠幫助讀者對條目有初步的理解，從而對正文內容做進一步解釋。

【百科全書條目正文】 即條目中從時間、地點、人物、事件、影響等方面詳細介紹的內容。必要時還可以設置小標題，從多方面對正文內容進行闡述。正文的書寫需要遵循一定的體例，通常會在序言部分簡單介紹體例的安排（亦稱“凡例”）。同時，根據內容的長短，作者可以對正文內容進行層次劃分，從而便於讀者進行有目的的選讀。

【百科全書條目圖表】 即條目中插入的具有解釋和説明性的製圖表格。一般來説，在涉及一些科學術語或人物介紹時，適當加入圖表不僅可以美化頁面、增加可讀性，同時也可以幫助讀者更好地了解條目的重點內容及其關聯。此外，圖表還可以緩解文字閱讀中容易造成的疲憊感，合理地切分主體部分的結構，從而使閱讀更順暢。

【相關文獻和條目】 即條目內容的參考資料。條目正文下方通常會列出相關文獻，以幫助讀者更好地查閱延伸資料，同時也會列出一些條目中出現的人物、事件等相關條目，以及條目的頁碼指引，從而幫助讀者更好地關聯條目之間的關係，做到全方位地了解。

二、語言特徵

【客觀性】 即文本的語言在描述相關詞條的時候具有的理據性。無論是條目主題的選擇和描述，還是文本主體部分的安排，都要遵循客觀性的原則，即符合事實及約定俗成的表述方式。作者在選取和編排條目時，要針對特定的領域和閱讀群體，使用特定的語言，儘可能地呈現知識的客觀性。

【正式性】 即文本的語言符合公開出版物的語體特徵，包括嚴謹、精確等。百科全書條目的語體應儘可能正式，從而體現百科全書在知識領域的權威性。百科全書通常用於人們查閱某些條目的意義和範疇等知識，缺乏正式性語體的條目會引起讀者的懷疑，從而失去嚴肅性和參考性。

【權威性】 即文本語言的正式性。權威性除了表現為語體的正式性之外，也表現在編纂者的學識和身份方面。百科全書通常會邀請業界權威人士進行編纂，從而增加百科全書在知識領域裏的分量。

【精確性】 即文本語言的準確度。語言的精確性表現在條目主題的選擇和內容的表述上。其中，主體內容的表述要更加明確，不管是結構的安排，還是小標題的選擇等等。表述的過程中，要盡量避免含混的表達，特別是帶有主觀感受的詞彙和語句等。

【通俗性】 即在詞彙選擇上應選用規範的或約定俗成的名稱，在語言表達上應通俗易懂。百科全書不是研究論文，也不是為了指導具體的應用，文本語言應符合大眾讀者的需要。

三、編排原則

【客觀形成性】 即依照客觀事實擇取條目，一般來説，是人們在認識和改造世界的過程中客觀形成的，為人們所熟知，不能人為擬定或主觀編造。例如，關於神話的條目中，有"創世神話”，而沒有“貓狗神話”。

【通用性】 即使用約定俗成的名稱，避免使用修飾過的、自命名的名稱。同時，詞條的選擇要符合當地人的稱呼習慣，比如，“美國內戰”在中文語境中常被稱為“南北戰爭”。因此，應依據不同語境使用較為普遍的名稱。

【準確性】 指條目的名稱應準確地表明條目的主題，不能含混。例如，“新式武器”屬於含混的條目，對於“新式”一詞的評判標準較為模糊。

【名詞性】 即整個條目應是名詞性的，而非動詞，或其他詞性的。

【主題單一性】 指條目需要針對一個主題進行設立，不能涵蓋兩個或者兩個以上主題。例如，“時間和空間”這一條目就不符合這一原則。

【非論文性】 百科全書條目並非論文，因此不應具備論文的相關特點。

【非指導性】 百科全書條目不用於指導實踐，因而不應具有行動計劃等因素。

備考筆記

重點知識

客觀形成性　通用性　非論文性　非指導性

學習筆記

12

電影 / 電視

文體介紹

電影 / 電視（film / television），通常合稱為“影視”，屬於視頻文本。傳統的影視是通過膠片拍攝錄製，並用投影或模擬信號等播放器呈現給觀眾觀看的音像形式。

如今，隨著技術的發展，影視行業通過數字化設備拍攝並製作視頻影像，通過數字終端播放給特定人群。電影 / 電視通常依靠鏡頭來取景，配合存儲設備來錄製，經過後期的剪輯成片，最終在不同的放映設備上放映，如大熒幕或液晶屏。

電影 / 電視除了以真實的生活場景和人物為素材之外，也會利用動漫技術、特效技術、數字合成技術等，模擬出二維、三維等虛幻場景和人物，但是無論如何虛幻，都離不開對鏡頭手法的運用，以及聲音和圖像的配合。

整體把握

文本類型
電影作品、電視劇
電視節目、動畫片
影視廣告

電影／電視

文本要素
畫面：明暗、顏色、動感、切換、節奏
聲音：言語、音樂和音響
剪輯：分鏡頭的選擇、取捨、分解、組接
情節：前期的劇本創作，用鏡頭進行敘述
鏡頭：距離、角度、位置

拍攝手法
近景、遠景
中景、特寫
仰視、俯視
航拍、全景
搖晃、深焦
變焦、鎖畫
定場、過肩
推軌、升降
主觀視角
長鏡頭

表現手法
畫面呈現
音樂／音響效果
敘事風格、鏡頭變換
剪輯編排、人物刻畫
場景營造

知識地圖

一、文本類型

【電影作品】 傳統的電影作品是用膠片錄製，通過電影播放器投射到大屏幕上，利用聲音和圖像，講述一個較為完整的故事，或記錄一個特定主題的事件、人物，向觀眾傳達作者的想法、意圖等。隨著時代的發展，越來越多的設備都可以放映電影作品，如電視、手機、電腦等。電影作品有很多類別，有故事片、動作片、恐怖片、愛情片、紀錄片等等。

【電視劇】 指專門為電視播映而創作的音像作品。早期的電視劇會借用電影的拍攝和製作手法，包含電影、戲曲、動畫、美術、舞蹈、文學等元素。常見的電視劇類型為連續劇，即將一個有主題、有故事、有人物的作品通過連續的劇集，按照一定的播出時間和時段播放。隨著互聯網的興起，電視劇被放到網絡平台上，隨之出現了一些新的電視劇形式，如網絡劇等。

【電視節目】 通常是電視台利用聲音和圖像技術採編和製作的作品，並利用信號傳播給觀眾，藉助電視等視頻播放設備收看。電視節目的種類多為新聞類節目、訪談類節目、綜藝類節目、直播類節目、電視紀錄片以及新聞綜合類節目等。總的來說，電視節目給觀眾提供了具有時效性的時事新聞和觀點評論，同時，一些節目還具有娛樂性和知識普及性，能夠豐富普通群眾的業餘文化生活。

【動畫片】 即借用電視、電影的呈現手法，利用逐幀拍攝的方式，將靜止的畫面連續播放的作品。動畫片就是借用動畫的技術，將一定的故事、人物、主題等信息融入作品之中，內容一般包含歷史、文化、政治、社會、情感、自然等領域。

【影視廣告】 用電影製作的方式來拍攝，通過電影院或電視台播放的有形、有色、有聲、有時空的電波廣告。影視廣告設計藉助影視播放特有的技術，將圖像、聲音和字幕等設計整合成鮮明、快速、準確的動態影像廣告，進行多維信息傳遞。影視廣告包括電視廣告和電影廣告，二者的創作手法、表現方式、製作手段都是十分相近的。

二、文本要素

【影視畫面】 電影 / 電視的畫面指的是通過屏幕呈現給觀眾的具有色彩和明暗的動態圖像，通常是對現實的還原，還原的角度隨著拍攝時的鏡頭而變化。畫面除了包含圖像的基本元素之外，也可以內含文字，通過一定的編輯工具將其他非現實的元素嵌入到畫面之中。隨著電腦技術的發展，越來越多虛擬的影像呈現在銀幕和熒屏之上，這也包括動畫這類模擬現實的作品。早期的電影只有黑白的畫面，沒有聲音，因此稱為默片。可見，電影 / 電視主要依賴的是畫面。畫面要呈現時間和空間雙方面的特徵，它不是靜止的，也不是局限在鏡頭所攝的範圍之中。畫面給觀眾帶來的感受依賴於其圖像的明暗、顏色、動感、切換、節奏等等。

【影視聲音】 影視聲音是一種嵌入在畫面中，通過音響播放出來的視聽語言。根據它的來源，可以分為言語、音樂和音響。影視聲音中的言語即為人聲，又分為對白、旁白、獨白、同期聲和解說詞。對白就是對話，以此來表現人物的交流和信息的傳遞，因此通常要符合人物的性格特徵。旁白為第三視角對故事的情節、人物的心理等信息進行敘述或評述，以此揭示人物的特徵，推動情節的發展等。獨白多為人物對內心想法的表白，以揭示人物性格等相關信息，刻畫人物的形象。同期聲為現場的真實聲音，多出現在紀錄片或者專題片之中。解說詞是幫助觀眾了解畫面沒有的信息，例如廣告解說詞、體育直播解說詞等。音樂分為有聲源音樂和無聲源音樂。有聲源音樂指的是拍攝時就具有的音樂，例如歌廳的舞曲等，主要是還原當時的真實場景。無聲源音樂是後期加入的音樂，主要為了渲染氣氛，刻畫人物性格，突出人物的情感等。音響是除了言語和音樂之外的所有聲響，可分為自然音響（如雷聲、雨聲、蟲聲等），和擬音音響（如心跳聲、腳步聲等）。音響的使用主要是為了增強表現力，或者幫助作者更好地表達意圖。

【影視剪輯】 在電影 / 電視中，大量的拍攝素材，需要通過選擇、取捨、分解、組接等方式拼成一個連貫的、主題鮮明的、含義豐富的、富有感染力的作品。分鏡頭的運用，使得一個作品分成不同的鏡頭拍攝，最終依據作者的意圖，將這些素材重新拼合在一起。剪輯是電影 / 電視創作最重要的環節，可以有效地表現作者的創作意圖。早期的電影剪輯理論被稱為"蒙太奇"，即通過疊加或者組合的方式，將由不同視角拍攝的鏡頭按照一定的順序排列出來，呈現出作者不同的意圖。排列的方式不同，作者所要表達的意思也就不同。

【影視情節】 影視作品借由畫面和聲音，對現實生活的模仿和還原，呈現出一個有開始、經過、結果的故事，通過對人物的刻畫，表達隱含在情節之中的情感和價值觀。故事情節依賴前期的劇本創作，通過拍攝手法，用鏡頭進行敘述，在鏡頭的切換中變換節奏和故事走向，最終完成一個完整的作品。

【影視鏡頭】 電影 / 電視都是通過鏡頭進行拍攝的，開機、停機之間連續拍攝的片段即為鏡頭。這些片段最終會被剪輯成一個完整的作品。鏡頭與拍攝物或場景之間的距離、角度、位置等，都能夠表達拍攝者的想法和思路。讀者可以藉助鏡頭的呈現理解作者的意圖。

三、拍攝手法

【近景】 鏡頭與所攝目標的距離很近，目的是要表現目標的細節，或者聚焦在對話的人物身上，讓觀眾關注對話的含義。

【遠景】 鏡頭裏呈現廣闊的視野，常用於展示環境、規模和氣氛，例如自然風景、群眾場面、戰爭場面等。作者可以藉助遠景來烘托氣氛，表達情感。遠景雖不專注細節，卻能含蓄地表達人物的心情。

【中景】 中景介於近景和遠景之間，環境內容比遠景少，人物細節沒有近景多。在中景中，環境處於次要位置，主要表現人物或拍攝目標的行為運動等，為了呈現故事的走向和情節的變化。

【特寫】 往往與拍攝目標距離很近，能夠清晰表現人物或者目標的表情變化、神情細節等。特寫用於表現作者對具體情感或具體事物變化的捕捉等，讓觀眾近距離地體會並產生共鳴。

【仰視】 鏡頭低於拍攝目標，從下向上拍攝，多為凸顯人物的高大。當然，仰視的視角結合具體的故事情節而產生不同的作用，在拍攝小孩子的時候往往會用這種角度。

【俯視】 指從上往下拍攝的鏡頭，通常為了呈現拍攝目標的渺小。

【航拍】 從天上向下俯視拍地表的景物，表現地表的形態。這種拍攝手法相對昂貴。不過，隨着無人機的發展，越來越多影視作品會使用航拍技術，讓觀眾從更宏大的角度了解相關的環境因素。

【全景】 即鏡頭 360 度環拍，這類鏡頭能夠呈現人物所在環境的全貌，映襯人物的心理活動。

【搖晃】 指通過有目的地搖晃鏡頭，從而給影片製造一種不安定感的拍攝手法。通常用於呈現環境的變動，如地震，或當面對其他危險時的奔跑。

【深焦】 指將遠景、中景、近景拍攝目標同時置於一個鏡頭之上，造成最大景深，呈現眾多細節的畫面，從而表現拍攝目標之間的關係。

【變焦】 在不改變拍攝距離的情況下，通過變焦可以幫助拍攝者選取不同的景物範圍和形象大小，以幫助畫面構圖。

【鎖畫】 將鏡頭固定在一個場景中，拍攝目標逐漸離開。通常用於表示接下來不宜觀看的場面。

【定場】 指將鏡頭固定在一個場景中，場景通常為遠景，交代故事發生的地點，多用於故事的開頭。

【過肩】 指從靠近鏡頭的肩部穿過而進行拍攝的鏡頭，通常能夠作為旁觀者的視角展開故事情節。

【推軌】 指利用攝像機的軌道橫向移動拍攝，鏡頭呈線性運動。這一拍攝手法能夠表現拍攝目標的漸變過程，同時滿足敘事的需要。

【升降】 即利用升降機或起重臂來推動攝影機從上到下或者從下到上進行拍攝的鏡頭，為了呈現場景的宏大氣勢，同時根據升降的節奏來為場面營造不同的情調。

【主觀視角】 指鏡頭跟隨著主角的觀察視角而發生移動，主要表現主角的視角變化，從而刻畫人物心理。

【長鏡頭】 即一鏡到底，從開機到停機，時長超過十分鐘的鏡頭。這種鏡頭具有事態進展的連續性，也具有難以駁斥的真實性。

四、表現手法

【畫面呈現】 指電影 / 電視的畫面需在構圖、色彩、色調、明暗、景深等多個方面進行考量，目的是幫助觀眾切身感受畫面之中的細節和氣氛，以及畫面之外的潛在影響。隨著播放設備顯示效果的提升，影視作品的畫面表現力也隨之增強。現代拍攝技巧中通過添加濾鏡以及其他輔助性設施，對畫面質感的提升也有一定作用。這不僅能夠為故事的進行製造一定的烘托效果，也為整個作品增添了一種表達風格。

【音樂 / 音響效果】 即電視、電影作品中置於場景背後或者配合人物動作等而設置的音樂或者聲響。背景音樂可以為特定畫面中的人物活動營造相應的氣氛，從而烘托氣氛，表現人物的心理感受。一般來説，恢弘的交響樂能夠增加場面的宏大感，為故事增添史詩般的效果。電視節目中，尤其是訪談類節目，增加現場音樂能夠幫助談話者融入現場氣氛，調動觀眾的情緒。此外，後期人為地增加音效可以為故事的進行變換節奏效果，進而表明劇情的起承轉合。比如，雷聲、心跳聲等能夠讓觀眾身臨其境，進而對情節的推動和人物的表現起到一定的作用。

【敘事風格】 即影視作品在進行情節講述過程中所呈現的整體特徵。無論是電影還是電視，講故事是必不可少的方式。根據特定的觀眾，講故事的風格也會影響電影電視的表達效果。一般受眾對於煽情、勵志、幽默等情緒的表達容易產生共情。在敘事上，創作者需要在結構安排以及情節設置上調動觀眾的共情能力，並藉助這種情感的共鳴，達成一定的目的和作用。久而久之，一個創作者的作品就會呈現出具有一定個性的敘事風格。

【鏡頭變換】 即利用鏡頭的手法在講述故事過程中進行多角度的呈現。鏡頭的使用在電影 / 電視相關作品之中佔有重要的位置。單一的鏡頭會讓觀眾產生疲憊之感，因此，拍攝者會儘可能多地使用不同的鏡頭，以增加畫面的表現力，同時更好地刻畫人物、細節，並推動故事發展。當然，鏡頭的使用有時會帶有作者強烈的個人印記，這也在某種程度上形成了創作者相應的拍攝風格。觀眾們通過對這種風格的理解和追捧，反過來在某種程度上發展和固定了某種鏡頭的使用，進而影響其他創作者的拍攝手法。

【剪輯編排】 即影視作品後期對之前拍攝素材的精簡和編輯。任何一部好的電影 / 電視作品都依賴於後期剪輯，好的剪輯可以保證畫面的流暢以及故事的邏輯性，也能夠更好地展現作者的思考和安排。如何剪輯、以怎樣的順序編排、如何取捨鏡頭等等，這些都會影響影視作品的表達和觀眾對其的整體感受。雖然鏡頭的呈現相對客觀，但是剪輯的方式卻較為主觀。剪輯者要考慮不同鏡頭之間的邏輯關係，進行有效的編排。

【人物刻畫】 即對所呈現人物的具體表現技巧，從而達成對人物的立體化呈現。影視作品中有大量的人物角色，如何刻畫人物是拍攝中一個重要的環節。無論是運用鏡頭技術、安排不同場景，還是增加背景音樂等，都是為了將人物在鏡頭之外的性格、心理呈現給觀眾，讓觀眾產生共鳴，進而理解作者所要傳達的想法和意義。當然，影視作品中，服裝、道具、化妝等輔助性技術也能幫助人物展現不同的性格特徵，讓觀眾產生深刻的印象。

【場景營造】 即對拍攝所在環境的人為選擇和設置。場景包含內景和外景，有時候這些場景來源於自然和生活；也有時候，為了表達的需要，場景需要人為搭設。不論是哪種場景，都需要拍攝者進行選取、營造，目的是幫助觀眾了解事件的背景以及人物的處境等。好的場景營造會深刻表現人物的特徵和心理，也可以烘托一種氣氛，以吸引目標觀眾。

備考筆記

重點知識

影視畫面　影視聲音　影視剪輯　影視鏡頭

學習筆記

13 指南

文體介紹

指南（guide book），在中文語境中，通常與“手冊”通用，但二者也有細微的差別。

指南和手冊都是提供說明信息的文檔。一般來說，指南相對於手冊會更加簡潔、直接，直擊重點，是相對簡單的操作方法。而手冊往往提供更為翔實的信息，能夠進行更深入的指導。二者都可以用於產品、培訓、流程、旅行、操作、技術、申請等方面的介紹或指引，幫助受眾了解具體的做法。

指南主要是來引導人們的路徑，或者思想和行為，手冊則主要提供有效信息。手冊通常為書面形式，而指南可以超出紙張的範疇，以視頻、音頻、卡片等形式出現。

整體把握

指南

文本類型
旅行指南
操作指南
項目指南
工作指南
政策指南
產品指南
服務指南

文本特徵
明確的標題
清楚的指向
具體的操作
準確的信息
清晰的結構

語言特徵
時效性
規範性
引導性
準確性
實用性

知識地圖

一、文本類型

【旅行指南】 一種文字加圖片的旅遊信息刊物，用於指導旅行者對旅遊目的地的深度了解，包括交通、食宿、景點、人文等信息。旅行指南的產生和發展伴隨著自助遊的不斷成熟，通常由當地的旅遊部門負責編寫，或者是由旅行經驗豐富的人撰寫。在對當地的人文景觀進行介紹的同時，能夠幫助參閱者快速進入旅行的行程之中，少走一些彎路。我們所熟悉的《米其林指南》就是在這樣的基礎上出版發行的，如今成為了餐飲行業的風向標，也成為人們安排旅行計劃時考慮的首要因素之一。

【操作指南】 通常來說，機械或器材都附有操作指南，能夠幫助使用者快速上手，同時避免出現錯誤的使用方法。這些操作指南往往加入了簡潔明了的圖例，能夠幫助參閱者快速明確操作流程和注意事項。操作指南中也會加註具體的符號、代碼等信息，有助於使用者參照、識別，從而進行順利的操作流程。安全事項通常也要歸入操作指南中，尤其當設備或器材存在著一定的安全隱患時。

【項目指南】 通常由項目的發起人或者單位制定，針對項目參與者發佈的具有指導性作用的書面材料。項目指南包含項目名稱、目的、程序、注意事項等等。為人們所熟悉的項目指南主要是一些科研項目指南，目的是讓申請科研基金的人員了解此項目的研究範圍、資金的使用方向、申請者的資質條件，以及申請的流程和注意事項等。

【工作指南】 一般是由企業或者單位向下屬部門發佈的，針對某一特定的工作流程進行解釋說明的書面材料，通常包含工作的流程、細節、安全事項以及責任分配等信息。比如，新冠疫情期間，由各衛生系統向下屬單位下發的《疫情防控工作指南》就包含了相關的防控手段、流程、注意事項等，便於下屬單位了解和掌握上級的要求，全力配合，從而達成任務。

【政策指南】 通常由政府機關單位向社會發放，讓人們了解相關政策的執行流程，配合政府政策的實行。為了方便不同層次的閱讀者都能夠有效地閱讀，這類指南往往使用通俗的例子對受眾進行引導。比如，為了鼓勵外資進入新加坡，作為政府部門的新加坡經濟發展局頒佈了《新加坡經商指南》。指南中配以圖表等元素，清晰地為讀者提供新加坡經商政策和福利，為投資者提供有效的指導。

【產品指南】 通常是產品製造商為了方便購買者檢索和查閱相關產品的功能、用途等信息所提供的書面材料，包含不同系列的產品說明和產品名錄。消費者能夠快速了解產品製造商的業務範圍，同時也對自己所要選購的產品有較為清晰的認識。

【服務指南】 通常為服務單位向社會發佈的方便人們享受某種業務或服務的書面材料。在服務指南中，讀者能夠找到服務者所提供的服務範圍、對象、類別，以及服務流程等信息。服務指南中通常要明確服務對象，同時給出必要的注意事項。

二、文本要素

【指南標題】 指位於封面或頁面顯著位置的，並明確說明具體指南名稱的概括性名稱。當然，某一類別的指南，例如旅行指南，因為其形式較為固定，人們很容易在書店指示標識的引導下找到這類書籍，其名稱常常為具體目的地的名稱。隨產品配送的指南要明確指南類型，從而便於消費者了解其目的和作用，進而更好地使用。

【指南指向】 所謂指向，指幫助讀者了解指南內容的相關文本設定。指南的指向性除了表現在標題之外，也能夠從目錄或文本的結構上作出清楚的標識，引導讀者一步一步進入指南聚焦的內容。當然，指南的編排體例也有助於讀者快速了解其指向性，比如旅行指南就會按照一定的板塊順序編排旅遊目的地相關景點的內容。因此，讀者不用特意檢索，這一文本要素易於讀者閱讀和參考。

【指南操作】 指操作類的指南所提供的具體操作流程，具體到每一步、每一個細節。比如，在旅行指南中，交通信息是非常具體的，這能夠減少讀者額外查詢的困擾。另外，操作的注意事項也需要在指南之中表明，必要時，要突出重要信息，有助於人們快速地捕捉，進而靈活掌握。

【指南信息】 即指導操作的文字內容。指南所提供的信息應準確，概念的使用、詞語的選擇、流程的步驟、注意事項的描述等都需要真實可靠，不應模糊或產生誤導。指南的作用就是引導人們按步驟操作。參閱指南的讀者需要在閱讀之後毫無差錯地執行或操作，這在無形中要求並強調其提供信息的準確性。

【指南結構】 即指南在佈局排版時所要考慮的文本要素。指南的結構清晰主要體現在體例的編排次序上，操作流程的先後順序上，以及語句表述的邏輯關係上。毫無章法地安排信息，會造成讀者閱讀上的障礙，抓不住重點，甚至導致操作失誤。

三、語言特徵

【時效性】 即指南的內容要符合現實需要，能夠及時更新，避免對閱讀者產生誤導。通過語言的表述，可以讓讀者了解最新的信息，必要時要指明該指南的版本或發佈時間。

【規範性】 即指南語言要符合一定場域或語境使用者的使用規範。指南具有指導意義，因此其語言的使用應規範，應符合大眾的表達習慣。所使用的概念或者詞彙應符合一定的行業標準，而不是自由創造表達形式。

【引導性】 即指南在語言使用上表現出的對讀者閱讀順序和閱讀重點所具有的引導特徵。指南語言中應加入一定的先後次序等引導性符號或詞彙，並多使用祈使句，從而使讀者在指導性的語境中能夠快速明確信息。

【準確性】 即指南使用的術語、數據、描述應準確，不能包含誤導性內容，避免主觀性表達，從而使指南更具參考價值。

【實用性】 即指南的語言應符合讀者明晰操作的實質性特徵。指南是有指導意義的材料，可指導人們的實際行動，所以在語言上要儘可能還原使用場景、條件等，從而有利於讀者快速應用在適當的情況中，同時也強化了指南的使用價值。

備考筆記

重點知識

旅行指南　操作指南　產品指南　服務指南

學習筆記

14 在線信息圖表設計工具

文體介紹

在線信息圖表設計工具（infographic），簡稱為“信息圖形”，指數據、信息、知識可視化的形式，目的是讓表達更加直接和清晰，藉助圖形讓人們通過視覺系統增強對模式和趨勢的理解。

信息圖形之所以為人們所使用，主要原因是圖像比文字更容易記憶，這被稱為“圖片優勢效應”。它一般是由圖像、文字、數據組合在一起，能夠更加顯著、直接、簡單地向讀者傳達信息，是信息可視化或者數據可視化的一種形式。

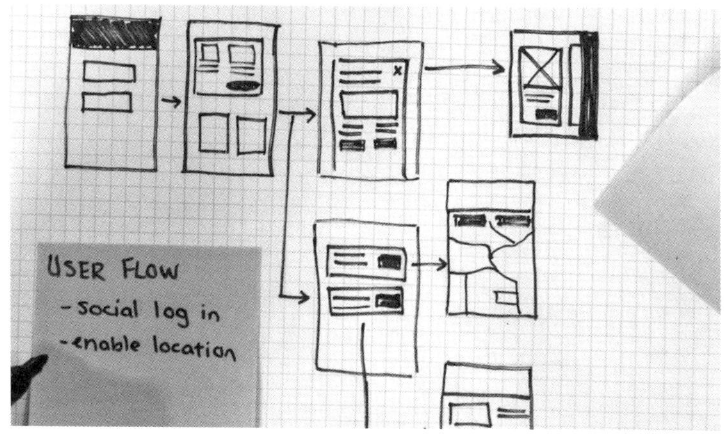

整體把握

在線信息圖表設計工具

文本類型
時間軸、地圖
數據可視圖
比較圖、流程圖
視覺文章、教學圖
數字信息圖

文本功能
説明事物脈絡
説服參與行動
呈現數據報告
強調產品優勢
教學方法指導
啟發思考改變

文本要素
記憶點
信息層次
視覺元素
顏色
互動提示

表現手法
圖形化、對比
轉換、比喻
關聯、流動
引入時空

知識地圖

一、文本類型

【時間軸】 又稱時間線，是以一條軸或者多條軸來呈現時間的方式。時間軸可以呈現歷史進程、里程碑、進化史、發展階段、時間回顧等。

【地圖】 以一定比例對相應地理區域進行縮小而製成的圖像，

通常能夠真實反映此區域的佔地大小和組成。通過增加文字和圖片，地圖可以反映一些區域分佈規律等信息，比如新冠疫情地理分佈情況圖等。

【數據可視圖】 通過圖形元素將數據呈現出來，一類是圖解圖表，一類是象徵性的符號。總之，相對於直接呈現數字，這種圖文結合呈現方式更為形象。

【比較圖】 通常用於比較分析的總結，對比兩個數量的相似程度或者不同程度，幫助人們思考相似度或者差異度。

【流程圖】 是流經一個系統的信息流、觀點流或部件流的圖形代表。在企業中，流程圖可以表達產品的生產流程或公司的管理流程。

【視覺文章】 這種信息圖表類型允許作者使他們的文章可視化，而不是依賴於繁重的文字。視覺文章信息圖由許多與文章內容相關的視覺效果組成。這種方法使讀者更容易閱讀文章，而不需花費太多時間。

【教學圖】 通過視覺展示來解釋某事是什麼，或回答怎麼做的問題。

【數字信息圖】 數字信息圖表以數字作為結論，通過可視化輔助理解。數字本身需要令人印象深刻，設計必須引人入勝。

二、文本要素

【記憶點】 指在看似複雜且填滿信息的圖形中，需要有一個清晰的脈絡或者關注點，這能夠讓讀者很容易記住其中的信息，不然就會失去信息圖表的作用和效果。

【信息層次】 信息圖形要傳達的信息包含數字、文字等，要通過一定的圖形元素將這些信息有條理地呈現出來。因此，設計者需要按照一定的結構順序合理安排，避免雜亂無章，從而讓讀者一目了然地抓取要點。

【視覺元素】 視覺元素是信息圖形最為重要的元素，可以是形狀、象徵性符號、實物的抽象圖、對比圖等等。總而言之，這些元素既要跟所要呈現的內容相關聯，同時也要讓人印象深刻，從而引起共鳴。

【顏色】 即信息圖表在色彩上的元素。通常信息圖形都是彩色印刷，因此顏色的選擇和配比、明暗對比、主色調與配色等等，都是非常有用的視覺要素，有助於關鍵信息的呈現。當然，更重要的是形成一定的風格，吸引讀者的停留關注。

【互動提示】 即在信息圖形所加注的一些用於互動的語句或者標註，引導讀者關注某些重要內容和信息。

三、表現手法

【圖形化】 圖形化一般通過三種情況來呈現，一是將具體的事物用圖形呈現出來，更加直觀，更加明了；二是在語言表述中插入圖形，用於輔助說明，使畫面更加生動；三是數據的圖形化，能夠讓數據更加醒目，並體現數據間的差異。

【對比】 即通過事物圖形化，將同類事物並置在一起，表現其差異性。有時候將不同的概念術語用相關的現實事物形象來表現，放在一起也可以看出這些內容的差異。

【轉換】 即將所呈現的內容通過符合常識和現實情況的圖形方法呈現出來的方式，從而強化受眾的理解。有時也會將一維數據用二維的方式進行呈現，從而增強表現力。

【比喻】 即將信息和事物或場景並置在一起，起到類比和引申作用的手法。類比會讓人們將所呈現的事物與呈現的手法放在一起，賦予聯想，而引申是為了營造情景。

【關聯】 指將數據與相關聯的事物並置在一起進行呈現，或者用顏色和圖形來呈現主題。總之，就是將與數據或者主題相關的事物與圖形相關聯。

【流動】 指在信息圖形中加入流程圖或以箭頭的形式呈現一種發展的趨勢。這能具象地呈現信息的趨勢和態勢，從而增強吸引力。

【引入時空】 主要是結合時間和地點，構建場景或插入插圖等手段而產生的手法。這些都是為了將特定的時空與數據及信息置於同一個文本中，增強相關性。

四、文本功能

【說明事物脈絡】 將複雜的數據或關係藉助信息圖形幫助讀者釐清脈絡，從而整體把握其中的具體關聯。

【說服參與行動】 通過信息圖形將某些項目或行動計劃的相關數據及利弊呈現給讀者，以助於讀者更好地了解其中的機制和結果，從而主動選擇加入行動。

【呈現數據報告】 信息圖形能夠將枯燥的數字轉變成圖形文本，讓讀者更加直觀地了解數字的相互關聯等信息，更有表現力，也更具說服力。

【強調產品優勢】 產品的優勢常常很難用具體的語言進行描述，而信息圖形將這種弊端很好地彌補，有助於消費者快速地掌握產品數據和優勢，從而進行選擇。

【教學方法指導】 針對具體的行動策略或者思考流程等方面，信息圖形能夠選用相應的工具有效地向參與者傳達指導思想，對於理論教學的場景有很好的表現效果。

【啟發思考改變】 信息圖形能夠很好地給讀者留下深刻的印象，因此，很多人會使用它來對受眾提出新的想法，以此來影響人們的思考，改變舊有的觀念。

備考筆記

重點知識

記憶點　圖形化　轉換　關聯　流動　引入時空

學習筆記

15

訪談

文體介紹

訪談（interview），本質上是一種有結構的對話。其中一個參與者提出問題，另一個參與者提供答案。通俗地說，“訪談”一詞指採訪者和被採談者之間一對一的對話。採訪者提問，受訪者回答，回答中的信息將即時或滯後地提供給其他受眾。

訪談可以是非結構化的、自由的或開放式的對話，沒有預定的計劃或預先安排的問題。非結構化訪談的一種形式是集中訪談，其中，採訪者將有意識地並始終如一地引導對話，以便受訪者的回答不會偏離主題或想法。訪談也可以是高度結構化的對話，其中，特定問題將以特定順序出現。他們可以遵循不同的格式。例如，在階梯式訪談[1]中，受訪者的回答通常會指導後續訪談，目的是探索受訪者的潛意識動機。

通常來說，訪談者以某種方式記錄從受訪者那裏收集到的信息，可以是筆和紙，或者用錄像機或錄音機做筆記。訪談通常有一個開始和一個結束的持續時間。傳統的兩人訪談形式，有時也稱為一對一訪談，允許直接提問和跟進，這使採訪者能夠更好地衡量受訪者回答的準確性和相關性，並在此基礎上靈活設計後續問題。

---

[1] 階梯式訪談指採訪者通過對受訪者的回答不斷推動採訪的方向，以此發掘受訪者潛意識動機的訪談方式。

整體把握

文本類型
結構式訪談
半結構式訪談
非結構式訪談

提問技巧
抓住核心問題
層層深入、發掘細節
善於誘導、鮮活談話
適度沉默

訪談

語言特徵
多樣而非單一
開放而非封閉
靈活而非絕對
放鬆而非緊張

文本特徵
對話式
真實性
客觀性
導向性

知識地圖

一、文本類型

【結構式訪談】 即一種固定化的訪談模式。即訪談之前所擬定的訪談提綱，訪談的問題以及回答方式都是固定的。採訪者依據擬好的問題，逐個向受訪者提出，訪談流程完全由採訪者主導。結構式訪談形式類似於對話形式的問卷調查，但與問卷調查不同的地方在於問題多為開放性問題。

【半結構式訪談】 介於結構式和非結構式之間，訪談的結構更具有彈性。採訪者會事先根據主題準備一個採訪方針，半引導式地展開採訪，讓受訪者在自由發表意見的同時意識到採訪者所預設的問題和訪談思路。

【非結構式訪談】 除去訪談的固定流程和問題設定，採用類似聊天的方式，在一定的方向指導下，採集受訪者的相應信息。非結構性訪談讓受訪者自由地表達自己的觀點，採訪者需要在採訪前做大量的功課，對受訪者所可能做出的回答做詳細地預測，但不會干擾受訪的進程。它包含：

a. 重點訪談。指側重某一特定問題或主題，而不是向受訪者固定地問一些重點問題。這需要受訪者在一定的情境中受到刺激而作出一系列反應，調查者或者採訪者針對這些反應作出分析、解釋。調查研究者需事先對情境本身有所研究，即通過深入分析情境的主要因素、模式及條件等，得出有關的若干假設，並根據這些假設提出若干側重點，據此進行訪談，搜集有關受訪者個人的經歷或特殊感受的資料。重點訪談實際上應該屬於半結構式的訪談，訪談的問題往往是預設的，即便受訪者能夠開放地回答問題，但是採訪者往往會將對話引導到準備的問題中，或者根據受訪者的反應而調整預設問題，以達到最大的訪問效果。

b. 深度訪談。即為搜集受訪者個人特定經驗的過程、動機及其情感資料所做的訪談。目前廣泛用於對普通個人的生活史及有關個人行為、動機、態度等的深入調查。深度訪談類似於重點訪談，也應屬於半結構式的訪談。採訪者需要事先對採訪過程預設一定的問題和引導策略，當受訪者出現想象之外的回答時，採訪者應當藉助機會繼續深入訪談，以找到額外的線索和信息。

c. 客觀陳述式訪談。即非引導性的訪談，受訪者在不受到任何採訪者干預的情況下將自己的價值觀、行為、生活環境等信息客觀地陳述出來。這類訪談通常用於了解個人、組織或群體的客觀事實和訪談對象的主觀感受。訪談對象在一些簡單的開場問題下發表自由言語，訪談過程中不受採訪者主觀問題影響，能夠自由而開放地表達，從而深入受訪對象的心靈深處，從而幫助採訪者挖掘這些主觀想法之外的客觀因素。

【用戶訪談】 即通過面對面溝通、電話、網絡視頻、問卷等方式與用戶直接或間接進行的交流。用戶訪談可以使採訪者與用戶展開更深入、更專注、更有質量的交流溝通，深入探索被訪者的內心與想法，並發現現有的問題和優化方向，因此也是比較常用的調研方法。在做用戶訪談時應做好前期準備。前期準備是否成功要取決於兩點：一是明確研究目的和主題，二是設計訪問提綱。研究目的和主題應根據具體情況具體設定。訪問提綱的設計需遵循以下幾個方面：一是由淺入深，由邊緣到內核，逐步打開"心門"；二是描述通俗易懂，避免專業詞語；三是控制好時間和數量。進行用戶訪談的注意事項有：

a. 傾聽用戶，避免打斷；b. 避免跑題，控制訪談；c. 以引導代替誘導；d. 引導用戶講故事；e. 幫助用戶定義說法；f. 獲取用戶的真實訴求；g. 做好訪談記錄；h. 保持跟進，留出空間。

二、語言特徵

【多樣而非單一】 即採訪內容要多變，提供多種可能性，而不是只聚焦在某一個情況下。運用可以發現多樣結果的談話方式，盡量變換問題的表述，使訪談進程進入多樣化的場景中。適當根據受訪者的反應而變換採訪風格，可以發掘更加豐富的細節，並達到更優化的採訪效果。

【開放而非封閉】 即問題設置要有不同答案的可能性，不能拘泥在某一個特定的回答目標。提問的方法要讓受訪者儘可能地不被約束，通過開放的問題設置，讓受訪者能夠在自由的情境中表達自己的內心感受。封閉的問題模式會讓受訪者無法放下防備，因而也無法打開內心。

【靈活而非絕對】 即問題語言要盡量讓受訪者感覺到提問者對其表現出來的特殊性和針對性，而不是放之四海而皆準的提問。盡量不要使用“一定”“必須”等絕對化表述的詞語，而應靈活使用鼓勵受訪者進行更多交流的問題或對話技巧，不應因過分地肯定或否定而減少繼續交流的機會。

【放鬆而非緊張】 即在語言上使用更多讓受訪者感受到輕鬆的問題類型。盡量不要使用反問式、防衛式、求證式等問題，這會讓受訪者感到緊張，或在回答過程中表達過少，造成明顯的採訪者控制訪談的情況。放鬆有利於訪談情境的創設，也有利於採訪者放下防備，從而進行自由的溝通。

三、表現手法

【抓住核心】 即訪談要精準觸及重點內容。針對一些對於訪談應對自如的受訪者，面對他們敏鋭的思維，可以用開門見山的形式，直擊問題的關鍵。這能夠讓受訪者了解到採訪者的策略和深意，避免進行籠統的、毫無價值的重複訪談。抓住核心問題的方式，能夠讓受訪者欣賞採訪者的專業素質、誠意等內在因素，從而加深接受訪談的意願和意志。

【**層層深入**】 即訪談時使用的提問策略應有一定的遞進性，而不是單刀直入。遇到不願意面對採訪或鏡頭的受訪者，直接的問題會使其閃爍其詞、支支吾吾，不易深入進行。先從一些簡單的、符合受訪者接受範圍的問題問起，能夠讓他們放下防備，或引導思路，進而由淺入深，追本溯源，挖掘出深度的細節。

【**善於引導**】 指採訪者在採訪中有目的地使用訪談技巧，來激發受訪者提供觀眾所關心問題。在誘導性提問中，採訪者需要掌握好談話的時機，運用語氣、聲調或措辭來誘導對方作出回答。善於引導會讓採訪者與受訪者之間保持良好的溝通關係，有助於在平和的氣氛中進行訪談。但也有一些訪談中，採訪者有意創造一種對立情緒，讓受訪者在緊張的氣氛中真實表露自己的性情，進而抓住這種訪談機制所產生的效果，深入受訪者的內心，達到意想不到的效果。

【**適度沉默**】 即採訪者不應一味地提問，而應適當給出受訪者思考和形成話語的時間。為了不打斷受訪者的表達思路，採訪者適當的沉默能夠使採訪過程更加順利，能夠通過完整保留受訪者的言論而從中發掘更有價值的資料。沉默也是深度報道採訪提問中的一個重要技巧，提問中多包含要點性、針對性、獨家類的提問，因此需要給採訪對象留出思考和闡述問題的時間。

備考筆記

重點知識

半結構式訪談　非結構式訪談　客觀陳述式訪談
深度訪談

學習筆記

16

信函（正式）

文體介紹

正式信函（formal letter），在中文語境中可稱為公函，也稱專用書信，一般用於公對公，公對私，私對公的信函中，目的在於請示、批覆、提出意見和建議、表揚等。

在中國，常見的公函往來於政府機關之間，涉及範圍廣，使用頻率高。而在媒體中的正式信函，如今多為用於澄清事實的公開信。

無論哪種形式的正式信函，都需有明確的收信方和寄信方，也應主題明確，在保證溝通通暢的前提下，寄信方需清楚表達鮮明的致函目的。

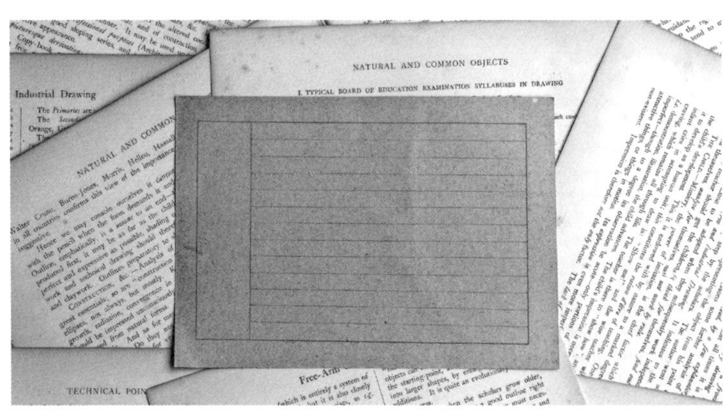

整體把握

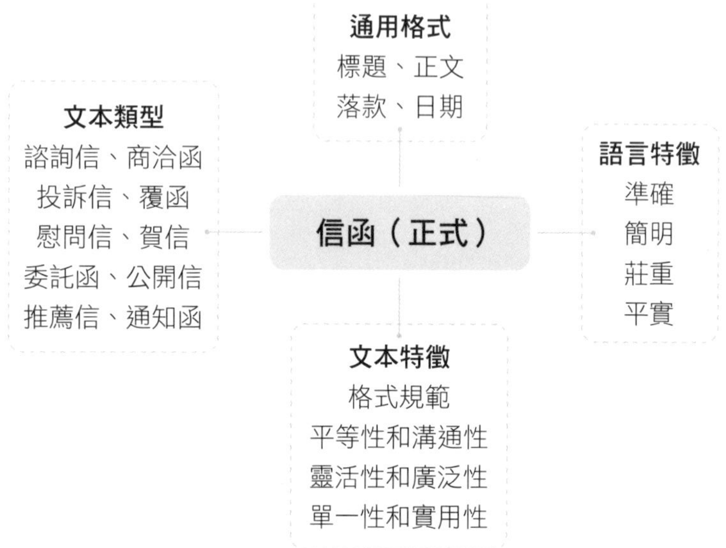

知識地圖

一、文本類型

【諮詢信】 又稱“詢問函”。諮詢信是以專門詢問問題、請求託辦某項事情為主要內容的專用書信。

【商洽函】 即提出合作意向等信息的正式信函，適用於商業洽談。

【投訴信】 即為了投訴某些產品或者服務而書寫和提呈的信件。通常是消費者針對某些商家的產品或者服務不滿意的地方而擬寫的正式信函，也有市民向政府機關的相關政策提出的意見和建議，這類公函也可以稱為“意見書”。

【覆函】 即針對諮詢或者投訴而進行回覆的答覆信件，目的是解決問題或者解答疑惑，提高政府單位或者商業機構的服務質量。

【慰問信】 通常由職工所在單位向經歷病痛或者變故的集體以及個人擬寫的信件，用於表達同情、安慰、鼓勵和期望等情感。

【賀信】 通常由寫信方向收信方表達針對收信方近期所取得成績或成就的祝賀。

【委託函】 是寫信方通過擬定信函將權利讓渡給收信方（即受委託方），用以保證受委託方享有在法律範圍內委託方的權利和利益或代表委託方從事某項活動等。

【公開信】 通常是個人出於揭發、表揚、引起社會輿論等目的，將對特定收信方擬寫的信件用公開的方式呈現出來。

【推薦信】 指書寫方向特定單位或個人推薦某一熟知的個人或集體，呈現其在某一方面的優點及理由，通常用於工作申請，原單位上級將有效評價以書信的形式呈現給新單位。

【通知函】 即通知事項的正式信函，如公司或單位用以通知員工升職的正式信函。

二、文本要素

【正式信函格式】 正式信函的格式包含信封格式和正文格

式。信封格式所包含的部件包括：收信人、寄信人郵編，收信人、寄信人地址，收信人、寄信人姓名等。此外，收信人一方應加上稱謂或職位等。信函正文格式部分包含開頭的稱呼、信函的標題、落款等，必要時可加上副本或附件。

【正式信函稱呼】 寄信人的稱呼可以是“我、本人、我校、我司、我所、本局”等等，收信人則應稱呼為“您、貴司、貴校、貴隊”等等。

【正式信函正文】 一般來説，正式信函的正文應言簡意賅、開門見山，包含開頭、主體和結語三部分。開頭部分為行文緣由、背景和依據，主體部分為洽談、詢問、答覆、聯繫、請求批准或答覆的事項，結語依據是否需要回覆，可分為“特此函達”“望函覆”等。

三、文本特徵

【格式規範】 即正式信函出於屬性——正式性，而在內容佈置方面所形成的可識別性形式。正式信函的格式包括標題（或開頭）、正文、落款以及日期。正式信函格式的規範性體現了文體本身的嚴肅性與權威性，以及一定的禮儀。

【平等性和溝通性】 即文本在傳達功能和目的時所具有的屬性。公函主要用於不相隸屬的機關或個體之間互相商洽工作、詢問和答覆問題，體現著雙方平等溝通的關係，這是其他所有的上行文[1]和下行文[2]所不具備的特點。即使是向有關主管部門

[1] 上行文指下級對上級的一種行文，如“請示”“報告”等。

[2] 下行文指上級對下級的一種行文，如“指示”“決定”“通知”等。

請求批准，在雙方不是隸屬關係的時候，也不能使用請示和批覆，只能用公函，並且姿態、措辭、口氣也與請示和批覆大不相同，也要體現平等性和溝通性的特點。

【靈活性和廣泛性】 即公函在內容和格式上所表現出來的應用場合以及範圍的特性。公函對發文機關的資格要求很寬鬆，高層機關、基層單位、黨政機關、社會團體、企事業單位，均可發函。公函的內容和格式也比較靈活，而且不限於平行文[1]，所以運用得十分廣泛。

【單一性和實用性】 指的是公函在針對某一特定主題時所表現出來的特徵。公函的內容必須單純，一份公函只能寫一件事項。公函不需要在原則、意義上進行過多的闡述，要求不務虛、重務實。

四、語言特徵

【準確】 應用寫作語言的第一要求即為準確。指在詞語的選擇上，選用涵義精確的詞語，恰如其分地反映客觀事物。在具體寫作中，應仔細辨析詞義，精選中心詞，用準修飾語，尤其要注意同義詞、近義詞的細微差別，同時還應力避歧義，以免造成誤解，影響工作。如下行文中“以上各點，應嚴格遵照執行”“請研究執行”“可參照執行”“供工作中參考”等句子，均能準確表達不同程度貫徹落實的要求。

【簡明】 即以最少的文字表達盡量多的內容，做到文約而事豐。應用寫作以高效、迅速地傳遞信息、處理公私事務為己

---

❶ 指平行文指同級之間或不相隸屬部門、單位之間的行文。

任，以取得社會效益和經濟利益為目的，具有很強的時效性和實用性，故其語言在準確的基礎上，還應簡潔暢達、精煉明快。

【莊重】 指寫作中對客觀事物的表達要得體、謹慎、嚴肅。應用文的語言使用和行文關係、文種緊密結合在一起，講究莊嚴持重，適度得體，反對輕佻俏皮、隨情任意，講究著意創造嚴肅的氣氛並在行文中精心維持這種氣氛，這與文藝作品追求的生動活潑有所不同。

【平實】 指語言平直樸實。應用文的價值在於務實，閱讀對象較固定。越是準確、簡潔的語言，就越平實。應用寫作以闡釋作者思想觀點為基本宗旨，避免做作、浮誇，講究樸素平實，做到語言標準規範、通俗易懂、樸實明白，追求"繁簡適中，事辭相稱"。

備考筆記

重點知識

覆函　慰問信　賀信　委託函　公開信

學習筆記

17

信函（非正式）

文體介紹

非正式的信函（informal letter），在中文語境中稱為私函，又稱一般類書信，通常用於個人間傳遞信息及溝通。在電報、電話等現代通信設備產生之前，人們通過書信這樣的方式保持聯絡，互通有無。

私函的歷史很長，古人常以書信表達彼此的思念、牽掛、鼓勵、安慰等情感，同時報告近況，消除彼此的擔憂等，因此具有典型的私密性和非正式性。

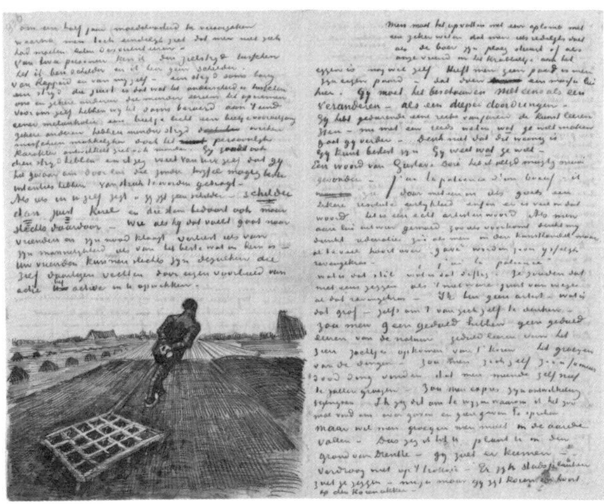

整體把握

格式
稱呼、問候、正文
祝詞、署名、日期

文本類型
家書、情書
問候信、請託信
規勸信、借貸信
慶賀信

信函（非正式）

語言特徵
通俗
簡潔
得體
優美
明確

文本特徵
有一定的格式
符合寫信人身份
考慮收信人的文化水平
突出重點，力求充實、簡短

知識地圖

一、文本類型

【家書】 即家信，這裏取其狹義之意，指漂泊在外的人與家人相互來往的書信。家書是維繫家人情感的一種聯繫方式，其中包含著濃濃的親情。在電報等通訊方式普及之前，家書是家人之間主要的溝通方式，大多都是外地人寫給家裏人的。信的內容包括自己在外地的情況和平安與否等等。此外，還包括家裏人寫給外地人的信，信的內容也多為問候平安與否等等。比較有名的家書有《曾國藩家書》等。

【情書】 指男女間傳情達愛、談情說愛的書信。中國古代留存至今的情詩、情語大都被認為是通過情書的方式傳遞給意中人的，言辭間充滿著愛慕和相伴終生之意。情書之所以流傳至今，大都因為其用詞和表意都極富情感以及書寫者的個人特色。

【問候信】 不同於正式信函裏的慰問信，私函中的問候信主要用於親人、朋友之間表達問候之意。私函的內容之一就是互相問候，而問候信時常因久未聯繫而產生疏遠之感時，為增強彼此關係而書寫。有時候，問候只是一種假託，保持聯絡才是更切實的需求。

【請託信】 即寫信人有託於收信人而寫的信函。或是有家事之託，比如代為照顧家人、器物等；或是有公務要事之託，比如通融、提攜等。請託信也用於介紹熟識的人，或者將自己的親人、朋友託付給信得過的關係，從而保證事業和生活上的便利、周全。

【規勸信】 通常用於規勸熟識的親人、朋友等，以表達對對方正在做的選擇或者正處於的歧途的關切，同時表明立場，動之以情、曉之以理，避免發生不可挽回的後果。

【借貸信】 一般用於在金錢或者物質上有求於人時，表明意願，說明緣由，同時表示感謝等。借貸信通常可以作為一種借貸憑證，但因其非正式性，其主要的作用還是在於敘說借貸的原委，以求得對方的理解和幫助。

【慶賀信】 以個人名義表達對親人或友人在取得不俗成績或成就時的祝賀，從而起到聯絡感情的目的。慶賀信的內容往往需要明確表示對對方近期取得成績的了解，以及由此所產生的感想或收到的啟發，言語多以褒揚為主，也可以包含戒驕戒躁的規勸，例如長輩對晚輩的叮囑等。

二、文本要素

【非正式信函格式】 雖然有別於正式信函的固定格式，非正式信函也要遵守必要的格式，這體現了寫信人對對方的尊重。非正式信函所傳達的信息雖然多為家長裏短的內容，但是為了讓表情達意更加有效，必要的稱呼和署名等表現書寫者態度的格式是必不可少的。同時，必要的格式也能夠釐清彼此之間長幼尊卑的關係，有利於配合正文的行文風格及語氣，以達到統一的效果。

【寫信人】 即書寫某封信件的作者。通常能夠從稱呼、問候語以及書信裏的語氣中體會其具體的身份。寫信人無論出於什麼目的書寫這封信，其身份是為收信人所熟悉的，若無法通過審慎的態度斟字酌句地行文，就可能產生有失身份的後果，導致誤會和誤解。一般的書信因其語境的特殊性，受眾是確切的個體，雖然所書語言不用特別正式，但是也要在清楚地了解對方的喜惡基礎上有目的地組織結構、表情達意。

【收信人】 即收到信件的人。一封信件要在溝通上保持通暢，需要同時考慮收信人的文化水平、經歷以及相關背景。這表現在寫信人書寫時所使用的語句選擇，若是居高臨下，全然不顧收信人的特點，那麼就會讓收信人感覺頤指氣使或附庸風雅等印象，從而造成溝通的無效性。

【非正式信函主題】 即書信所圍繞的重點內容。通常書信的主題內容要抓住重點，力求寫得充實、簡短。即便是自由地表情達意，也不能夠囿於一己之見，過分渲染氣氛。寫信人要做到胸有成竹，下筆時才能一氣呵成，切不能拖泥帶水。通常來説，非正式信函正文首段是簡單的寒暄，接下來的部分就要根據目的把握表達的方向，直接明了地進入主題，並力圖充實。在表明意圖後，結尾段也應象徵性地問候，不必冗餘，從而達到簡潔的效果。

三、語言特徵

【通俗】 即非正式信函在語言使用上所需達到的閱讀效果之一，目的是讓收信人容易理解。一般來説，平時怎麼説話，信函中也怎麼説。切忌使用過於正式的語言，不然也會造成雙方情感上的疏離。當然，如果是長輩寫給晚輩的信函，有時候還是可以使用相對正式的語氣，這要根據寫信的目的而定。例如，具有規勸意圖的信函，有時候言辭應嚴厲，甚至正式一些。即便如此，此類信函也需具有通俗性特徵。

【簡潔】 即書信在內容呈現時語言上所表現出來的簡單明了的特性。書信的目的應明確，或是相互問好，或是交流思想，或是傳遞信息，或是研討問題，或是有事相託，等等。寫信時，若不兜圈子，不説車軲轆話，而是開門見山，直抒胸臆，自然就能產生簡潔明快的效果。

【得體】 指書信雙方在語言使用方面道德和禮貌的考量，以此照顧到彼此的感受。書信多是親朋之間的談話。因此，書信的語言要注意道德風尚，講究文明禮貌。這就要求我們在寫信時所用的語言、語氣要視不同對象、用途和內容而異。就對象而言，對長輩要謙恭，對平輩要尊重，對晚輩也要避免用教訓的口吻，即使對犯有錯誤的人，也只能以理服人，而不能盛氣凌人，更不能出口傷人。就內容而言，表示問候要親切熱情，報喜祝賀要熱烈歡快，研討問題要心平氣和，請教求助要謙虛誠懇，規勸教育要以心換心、喻之以理，等等。同時，還要注意稱呼、問候和致敬語的選用。

【優美】 即書信語言在閱讀上所帶來的審美體驗。這個方面不是要求寫信者把信寫得美輪美奐，這會造成假大空的效果。信的優美體現在言辭的選擇符合對方的審美層次，行文的流暢度讓人讀起來又舒服又受用，同時語言真誠，可以直抵內心，做到推心置腹。

【明確】 指書信語言在傳達意思上所表現出來的特徵。這主要體現在信的內容結構上，切不能不著邊際，抓不住重點地胡亂書寫。目的明確是非正式信函通過語言邏輯呈現給收信人的，因此如何讓收信人閱讀起來毫不費力地抓住重點，需要寫信人下筆之前的謹慎構思，同時避免不必要的客套以及寒暄，造成詞不達意或者誤解等。

備考筆記

重點知識

問候信　請託信　規勸信　借貸信　慶賀信

學習筆記

18

雜誌文章

文體介紹

雜誌文章（magazine article），顧名思義，就是刊登在雜誌中的文章。早期的雜誌是一種發端於罷工、罷課或者戰爭中用於宣傳的小冊子，後來用於針對特定讀者，依照一定的編輯體例和方針，定期出版不同作者作品合輯的印刷讀物。它與具有時效性的報章合訂本相似，同時加入了豐富的評論內容，有固定的刊名，以固定的期、卷、號或者年、月、週為序進行出版印刷。過去，雜誌需要通過訂閱或到相應的實體售賣處購買。但隨著互聯網的興起和發展，越來越多的實體雜誌改在手機或電腦端發行，同時結合新媒體的出現而進行傳播。

雜誌文章藉助雜誌的發行而被廣泛閱讀，帶有一定的時效性，也有部分是評論性和分析性的。雜誌本身依照自身的體例分為不同的板塊，文章風格也依據不同板塊的主題和要求而有所不同。雜誌多廣泛吸納稿件，通常會以報酬的形式買斷稿件的使用權，這也表明了雜誌文章在原創性方面的保障。此外，一些雜誌具有某些方面的權威性，常常需要相關專業的權威人士供稿，有點像報章的專欄，這在某種程度上也表現了雜誌對話語權的重視程度。

需要注意的是，期刊文章（journal article），為專業的學術研究人士陳述觀點和發表學術研究成果的文章，有較強的學術性，需要與一般意義上的雜誌文章區分開。

整體把握

雜誌文章

文本類型
傳統雜誌
手機雜誌

常用手法
冠以醒目標題
安排導入段落
精排主體內容
設置小標題
獨立使用引文
插入圖片及說明

語言特徵
通俗性
實效性
獨特性
明快性

文本特徵
包含作者署名
發行頻率影響文章的內容及風格
面對大眾，語言日常化
使用說明性材料及圖像
內容簡潔
專注於特定話題
廣告元素
講究整體觀感

知識地圖

一、文本類型

雜誌類型往往會影響所收錄的文章類型。同時，收錄於同一本雜誌的文章也決定了雜誌的類型。

【傳統雜誌】 按照學科類別，雜誌可以分為社科類雜誌、科學類雜誌和普及類雜誌。其中社科類又分為學術理論類、互作指導類、時事政治類、文學藝術類、綜合文化生活類、教學輔導類、信息文摘類等七類；而科學類雜誌可分為理科類、工科類、天地生化類，普及類雜誌則可分為知識類、娛樂類、科普類。一般上認為，專業性雜誌應屬於期刊範疇，而非專業性雜誌即我們通常所稱的“雜誌”出版物。

【手機雜誌】 隨著互聯網和移動客戶端的發展、普及，越來越多紙質雜誌開始將自己的內容發佈於線上平台。人們可以通過電腦網頁或手機軟件進行閱讀。手機雜誌和傳統雜誌在一些方面保持著一致性，例如雜誌的主題、風格、話題、受眾等，但同時，隨著讀者的閱讀習慣、內容的呈現方式以及承載內容的版面形式等方面發生了改變，雜誌出版商也不得不考慮如何更好地保持自身的傳統閱讀體驗，如何與網絡自媒體，如微信公眾號等新興媒體進行競爭。同時，傳統雜誌的盈利模式也受到了挑戰。越來越多雜誌轉向自媒體式的經營方式，通過營銷號的創立，加入一定數量的軟文等內容，促使雜誌的影響力在自媒體領域延續，但同時也不得不摒棄一些曾經行之有效的手段。這也導致雜誌儘管名稱還在，實質卻已經發生了改變。

> 此外，根據不同的閱讀群體，可以將雜誌分為少兒雜誌、青年雜誌、婦女雜誌、男士雜誌、老年雜誌、知識分子雜誌、工人雜誌、商業雜誌等等。

雜誌文章類型

雜誌文章類型即根據雜誌文章的功能和創作方法而進行的分類。對於以撰稿為業的自由撰稿人而言，了解不同雜誌社自身的文章類型有助於精準投稿，並獲得相應的報酬。一般而言，雜誌文章可以分為以下幾個類型[1]。

【導引文章】 即針對讀者所關心的關於成功、方法、弊端、指引、索引等話題提供有效的解答，指導和引發讀者了解如何做，以及如何做得更好，如以《自由撰稿人如何月入 20 萬？》為題的文章。

【專題報道文章】 即針對某一現實或歷史上的人物，或任何具有專題特徵的事物或事件進行全方面的描寫和記錄，從而使讀者對相關人物、事物和事件有較為全面的認識，如以《真實的馬雲》為題的文章。

【資訊文章】 通常提供某一領域的信息，如運動醫療行業、洋流、政治方面的資訊。資訊文章作為一種信息參考的文章，篇幅不長，內容也不會很細緻，通常回答如何、為何、何時、何事等問題，如以《11 類雜誌文章的寫作方法》為標題的文章。

---

[1] 參見"11 Most Popular Types of Magazine Articles - Print & Online." 11 Dec. 2020, https://www.theadventurouswriter.com/blogwriting/types-of-feature-articles-to-write-for-magazines/. Accessed 10 Jul. 2022。

【秘辛文章】 作者通過大量的調查實踐和文獻參考，從一個特別的角度，對現實的或富有爭議性的事件進行全新的陳述，從而向讀者揭示對相關事件存在的錯誤認知，如《史蒂芬・金的僱傭寫手揭秘他的寫作生涯》等文章。

【名人軼事文章】 這類文章通常針對某一具有影響力的人物故事進行書寫，如《張柏芝分享她當媽媽的成功秘訣》等文章。

【論述類、記敘類、觀點類文章】 這類文章通常用於表達作者個人對歷史或者現實事件、人物的觀點，如《我眼中的“內捲”》等。

【幽默諷刺類文章】 這類文章通過對某些話題進行諷刺性或者富有幽默的描述、記敘等，讓讀者產生愉悦或者反思，如《一個饅頭引發的血案》等。

【史料文章】 即對歷史事件或者事物進行時間梳理或者展現新的視角等，例如《第一台蘋果電腦的誕生》等。

【雞湯文章】 作者通常以“激勵”為目的，發表自己獲得快樂感受的心得體會，分享獲得正向能量的具體方法，或針對某一道德準則進行表述，如《五個獲得書寫自信的方法》等文章。

【綜合性文章】 通過援引來自不同資源的含有觀點、數據、研究、事件等信息，針對某一具體主題進行整合，如《“內捲”的 10 種表現形式》等。

二、文本要素

【雜誌文章作者】 即通常位於文章標題之下的人名。沒有被列出來的通常由雜誌社的編輯或主筆撰寫，這種做法體現了雜誌的獨立性與權威性。

【雜誌文章發行頻率】 指雜誌的出版周期。雜誌的發行頻率體現了雜誌的屬性，常見的有月刊、季刊。而週刊多為刊登即時性內容的雜誌，與讀者現實生活中所關注的時事輿情更為相關。雜誌的發行量和受關注程度以及雜誌本身的權威性都受到發行頻率的影響。發行頻率也會影響刊載作品的內容和風格等。

【雜誌文章日常語言】 即雜誌的文字語言所包含的日常屬性。雜誌的讀者通常為普通大眾，考慮到他們的閱讀習慣和語言能力，雜誌文章多採用日常用語。

【雜誌文章說明性材料和圖像】 指雜誌中對某個概念、段落、人物等進行補充說明的文字內容和相關圖片。雜誌常常使用圖像以豐富閱讀體驗，同時，一些說明性材料，包括內容導引、板塊介紹、圖片說明等，則能夠補充文字語言的意義，同時也在某種程度上用視覺語言來吸引讀者。

【雜誌文章話題】 即雜誌文章所針對的相關事件、人物、新聞等熱點內容。就像新聞專欄專注時事政治、當下新聞事件這類話題一樣，雜誌也有特定的話題與閱讀人群。因此，通常每期都會有一個頭條文章，或專題報道，聚焦時事熱點，吸引廣大讀者進行閱讀。

【雜誌文章廣告】 即利用雜誌影響力來推銷產品或服務的相關內容。廣告是雜誌收入的主要來源，通過刊登廣告，雜誌能夠收取一定的版面費用，保證雜誌的後續出版。一般來說，雜誌中的廣告應符合雜誌的風格和用戶群體，並編排精緻，印刷精美，具有一定的觀賞性和傳播效力。

【雜誌文章外觀】 指雜誌在整體封面設計和文章內容安排等方面呈現的視覺感。雜誌文章講究排版與整體觀感，注重外觀元素的使用，如封面、顏色、排版、頭條文章標題等等。

【雜誌文章標題】 即使用各種必要的修辭手段和精選詞語，來擬定可以引發人們注意力的題目。雜誌文章需要通過醒目的，富有意義的標題來引起人們閱讀的興趣。作者或者編輯通常會用大於文本的字體設立標題。

【雜誌文章導入】 通常被置於標題附近的導語或簡介，字體小於標題，大於正文，即便跟正文字體大小一致，也會以不同格式或顏色予以區別。導入段落通常是篇章的總結，或是具有觀點性的文章內容的直接引用，目的是使讀者有興趣進入正文的閱讀，並且設定全文的論調，讓讀者在閱讀全文之前有一定的閱讀期待。

【雜誌文章主體】 即佔據版面空間最大的文章部分，其內容安排應有一定的可讀性，要讓讀者參與到閱讀之中，並在閱讀的過程中保持較高的積極性。這也要求雜誌文章的版面安排應看起來整潔、易讀。一個頁面通常會被分成不同的區塊，放置文本或圖片等要素，但主體內容不能因為被分割而產生跳躍感，這就要求文章主體內容的結構清晰。當然，雜誌文章能否很好地呈現，也需要編輯在版面佈局時進行合理安排。

【雜誌文章小標題】 即正文中置於每個段落之前的具有總結性的標題，能夠清楚呈現文章的結構安排，提高讀者的閱讀感受。同時小標題將正文分割成幾個部分，也讓讀者有目的地閱讀自己感興趣的部分。

【雜誌文章引文】 把文章的重點語句或話語獨立放置在文章中間，這便是引文。引文能夠作為醒目的下文提醒，讓讀者清楚地看到文章中的主要信息，同時也是一種幫助讀者積極參與閱讀的手段。

三、語言特徵

【通俗性】 即雜誌的語言簡明易懂的特徵。雜誌文章通常面向各個層次的讀者，內容的可讀性應建立在語言的通俗性上。使用的詞彙簡明易懂，語句表達趨向口語化，讀者易於理解，便於閱讀。

【實效性】 指使用符合現實語境、富有時代特徵的表達方式。它體現在使用符合當下閱讀群體理解能力的流行表達上，一方面表現雜誌文章的實效性，另一方面也拉近與讀者之間的距離，既有利於讀者參與閱讀，也有利於作者觀點的表達。

【獨特性】 即雜誌文章根據其固定受眾及其所在雜誌類別，而使用富有個性化的語言特徵的特徵。雜誌的類型不同，語言表述也有所不同。例如，適合青年閱讀的雜誌會更多地使用流行語的表達方式，而針對年長人士雜誌的語言則較為成熟和沉穩。總之，雜誌語言在共性的基礎上也含有各自的特性，在閱讀時可以根據具體的情況提煉出該雜誌的語言特徵。

【明快性】 即雜誌在佈局行文方面有著直接有效的語言特徵。雜誌的功能以休閒為主，人們閒來無事，拿出一本雜誌閱讀，打發時間的同時也會被文章的觀點和版面的設計所吸引，從而輕鬆獲取特定的知識。這就需要雜誌的語言明快，讀起來輕鬆自然。相對而言，沉重的話語表達不宜在雜誌中呈現。一般情況下，雜誌文章會採用圖文並茂的方式，使閱讀體驗更加放鬆，從而在輕快的氛圍中與讀者產生交流。

備考筆記

重點知識

導引文章　專題報道文章　秘辛文章　名人軼事類文章
史料文章

學習筆記

19 宣言

文體介紹

宣言（manifesto），指國家、政府、團體、組織或個人為表明己方的意願、主旨、主張而向公共發佈的書面聲明。它往往具有很強的政治性，但與條約不同，宣言不具有較強的約束性，當不被眾多人 / 國所認同時，宣言將失去有效性。有時候，宣言也會用於表明個體的人生觀。

整體把握

宣言

文本類型
- 目標宣言
- 行動宣言
- 規則宣言
- 願景宣言

文本特徵
- 明確的主題
- 強烈的關切
- 清晰的遠景
- 振奮的語言
- 深刻的感召
- 嚴肅的態度
- 有效的行動

語言特徵
- 正式性
- 開放性
- 感染性
- 明確性
- 權威性

知識地圖

一、文本類型

【目標宣言】 針對某一個目標而發表宣言，可以是一個總統候選人的競選宣言，也可以是公司推銷產品的品牌宣言。目標宣言所要達成的目的要明確、清楚，並且要有一定的具體性與可達成性，因為這關涉到宣言所影響的群體利益，切不可是空虛或者不切實際的。

【行動宣言】 針對某一個目標的一系列小目標，對如何達成而採取的一系列行動而做的宣言。該類宣言需要羅列出具體達成某個目標的多方面內容，要讓宣言的讀者不只關注到一個宏觀的目標，而應具體感受到為達成目標而準備採取的一系列行動計劃。

【規則宣言】 指在一定的規則語境中去達成某一個意志、意願等，通常應用在宗教宣言中。此類宣言主張在相對保守的規則約定之下，個人或者團體有目的地實現某個目標，通常是對規則的維護。

【願景宣言】 通過營造一個願景來幫助發出宣言的人 / 機構具體化未來的情況，使宣言的受眾對宣言發出者的未來有明晰的圖景，感受到作者的意願和態度。願景宣言也試圖營造一個更符合眾多人群需求的環境，以實現自身訴求。

二、文本要素

【宣言主題】 不論宣言涉及的範圍是大還是小，其主題應明確，應以代表某個階級或某個群體，或針對某個話題為主要目的發出，為這些群體或個人表明立場。發表宣言前，應對立場做細緻規劃，並在此基礎上確定主題，從而在一定程度上增強宣言的效力。

【關切性內容】 即對宣言所關注的相關群體或議題表現出富有力量的關懷。宣言中流露出的"關切"，有助於宣言所達成的效果，同時也幫助讀者了解宣言發表者對人類社會更為深刻的關切。如在《人權宣言》中，我們可以從中明顯感受到發出者在某個主題下對某些群體的關切。

【宣言遠景】 即根據主題為讀者提供相對清晰的未來圖景。遠景的達成要通過具體的描述和行動，讓讀者清晰感受。宣言是一種公開了的個人或群體性的意願表達，需要得到人們的擁護，只有指出了明確的遠景，人們才更容易相信並渴望達成。

【振奮性語調】 指使人受到鼓舞的語言效果，可以是較為激勵奮進的言辭，也可以是讓讀者感受到發表者的誠意和信心的表述。

【感召性功能】 即宣言通常要通過內容和語言來讓受眾感知遠景，受到召喚。宣言的發佈者以宣言中能夠感召讀者的內容，達成宣言的目標。這樣的內容可以是一種發乎人性本身的理解和關懷，也可以是通過主題的設置關涉廣泛的受眾。讀者所能感受到的是群體或個人的真誠度，也自然會對宣言中的實際情況作出相對理性的審視，因此，要使用切實的方式對讀者進行感召。

【嚴肅性語體】 即宣言文體的正式性。宣言發出者的態度應具有嚴肅性，這體現了發出者負責任的態度。公眾並非毫不知情的群體，宣言發出之時就會引起輿論的探討和傳播，負責任與嚴肅的態度，是讓宣言能夠被擁護的前提。

【宣言行動】 即宣言所包含的對遠景的實現方案。無論是具體的條例還是要達成的目標，都離不開最終的實現。因此，宣言中呈現有效的行動有助於獲得更多的關注和支持。當然，行動不一定是具體的方法，也可以是一種對結果的陳述。

三、語言特徵

【正式性】 即文本語言對公眾嚴正、肅穆的特徵。因為要面向公眾，發表關於自己的意願和主旨等內容，這就要求宣言語言的正式性。宣言不是請願或者呼籲，不需要動之以情曉之以理，而是站在一個群體的角度鄭重其事地去感召大家加入宣言主題。因此，宣言需要通過正式性，使受眾體會到宣言的感召力。

【開放性】 即宣言在面對受眾時給予解讀的開放程度。宣言是一種自發行為，能夠得到更多人的擁護是宣言要達成的目標。利用語言表述，將這種在合理範圍的解讀擴大到更多群體，有助於宣言的傳播。因此，宣言的表述語言可以為更多人所解釋和明確，也經得起讀者的回饋和反駁。

【感染性】 即語言在公眾心中所產生的相關效果。宣言可以通過不同方式，使語言具有感染性，從而實現鼓舞人心的效果。可以增加富有感染性的説辭，也可以從具體的語境中提煉細節豐富的表述，或增加具體而明確的行動計劃。總之，凡是能夠關涉受眾真實感受的表達方法，都可以增強宣言的感染性。

【明確性】 即宣言語言清楚明晰的特徵。無論是對目標的表述還是對目標人群的關切，都要體現出意圖、態度、想法和思想的明確性，這樣才不會讓宣言變成泛泛之談。

【權威性】 這裏的權威性並非指說話者本身的權力大小對語言造成的影響，而是說在宣言的表述過程中需要明確此宣言的效力範圍，在這樣的範圍內做有效的表述，需要宣言本身具有一定的代表性，或者權威性。

備考筆記

重點知識

關切性內容　宣言遠景　感召性功能　嚴肅性語體
宣言行動

學習筆記

20 回憶錄

文體介紹

回憶錄（memoir），顧名思義，是對曾經發生過的一件或一系列事件的回顧和記錄。回憶錄往往由事件親歷者親自書寫，或是由其口述，由他人代為書寫。因為回憶錄通常來自某人的回憶。所以，回憶錄的重點是回憶者眼中的人、事、物和相關的時代。

回憶錄具有一定的真實性，也值得讀者將其作為對某些歷史階段描述的參考。回憶錄中也會加入反映回憶者時代背景的圖片和照片等元素，目的是給讀者一種客觀真實的感受。這些圖片信息可以印證回憶者的表述，也可以豐富表述之外的語境及內容。

整體把握

文本功能
記載、演繹
分享、感恩
懷舊、重現
傳承、見證

表現手法
詳略安排得當
記敘穿插描寫
強調個人感知
避免價值輸出
生動呈現細節
著重客觀記述

回憶錄

語言特徵
通俗性
客觀性
真實性
生動性
個性化

文本特徵
第一人稱視角
回憶者特徵
記敘為主，描述為輔
按照時間順敘
基於個體的真實經歷
記錄大於表意

知識地圖

一、文本類型[1]

【懺悔回憶錄】 指的是作者將回憶的重點放在回憶者的感受和錯誤的做法或決定上，在此基礎上回憶其在人生中所產生的

[1] 參見 "7 Types of Memoirs - Networlding.com." https://networlding.com/7-types-memoirs/. Accessed 11 Jul. 2022.

不良影響和結果。

【個人回憶錄】 指的是針對回憶者某個時段的人生經歷而寫成的，可以是一段冒險或者對抗疾病等經歷內容。

【肖像回憶錄】 指的是由他人基於回憶者的檔案信息所隱含的經歷和事件而寫成的，從而讓讀者對回憶者的整體印象有所了解和把握。

【職業回憶錄】 指的是由專業人士自身或者他人對專業人士編寫的回憶錄，重點突出回憶者作為專業人士的經歷和感受。

【公開回憶錄】 指的是針對重要人物而寫的回憶錄，重點放在回憶者的個人經歷或者感受上，以及從回憶者的視角了解其生活中不為公眾了解的內容。

【變革回憶錄】 指的是將回憶者所產生的轉變作為主要內容的回憶錄，重大事件或者經歷往往對回憶者的人生產生至關重要的影響。

【旅行回憶錄】 指的是將回憶者的某個旅行作為回憶對象的回憶錄，可以是探險之旅或者觀光旅行，要強調這些旅行給回憶者所帶來的影響。

二、文本功能

【記載】 回憶錄的基本功能，就是記載本人曾經歷過的事，或者所熟悉的人物過去的生活和社會活動等。這是回憶錄的基本屬性，也是回憶錄客觀性的反映。

【演繹】 即在回憶的基礎上進行的個性化的講述方式。個人對過往的回憶並不是完全真實，往往會加入個人的視角，融入個人的感受，將過往聲情並茂地呈現出來，因此具有演繹的成分。

【分享】 指回憶錄作者與受眾之間的關係。很多人，尤其是作為歷史重大事件的見證人，會通過寫回憶錄來分享自己曾經的經歷。分享個人的視角能夠讓讀者更深入地窺探歷史細節，感受不一樣的敘述。

【感恩】 指作者在回憶錄中所表達的相關情結。在回憶錄中，故人作古，緬懷曾經的際遇能使回憶錄更具可讀性。

【懷舊】 即作者在回憶錄中對過去時光所有的態度。隨著時代的變遷，新世紀的年輕人對於曾經的生活場景、社會風貌、人文氣息等都不甚了解。通過閱讀回憶錄，讀者能夠在作者的描寫中還原不熟悉的過往。

【重現】 指作者在回憶錄中對過往事件的再度呈現。回憶錄的客觀性能夠讓讀者體會場景的重現。特別是重大歷史事件，經過回憶錄作者的細緻描述，藉助旁觀者的視角或當事人的視角更能夠勾起讀者的想象。

【傳承】 指作者在回憶錄中對自己和後世情懷的表達。作者在撰寫回憶錄時，有時會帶有傳承的目的，能夠讓後人通過回憶錄了解其經歷的過往，從而進行緬懷。

【見證】 指作者通過回憶錄加強其對歷史的貢獻。見證歷史，見證重大事件，見證一代人的過往，見證不曾被了解的時代等等，這些都是回憶錄不可或缺的功能之一。

三、文本要素

【視角】 指作者依照個人視角回憶和記錄曾經發生的事情，即第一人稱視角。不管是他人代寫還是自己撰寫，回憶錄的大致視角都是第一人稱視角，這是回憶錄最基本的屬性特徵。第一人稱表現了回憶錄記錄的真實性，當然，這種單一的視角對回憶錄的史料價值也有所局限。通過閱讀事件當事人或有歷史成就之人的回憶錄，讀者可以利用第一人稱視角真切感受當時情況下事情的發展與關鍵信息，有一種身臨其境之感。

【回憶者特徵】 指回憶錄的記敘重點反映了回憶者對過往的印象深刻度。在歷史中，廣為人知的事件在親歷者的回憶錄中也許並非重要記述，回憶者有深刻印象的過往細節才是文本敘述的重點，而讀者通過閱讀，能夠加深對過往細節的認知。回憶者特徵表現在對回憶描述的風格上。有些回憶錄能夠明顯地呈現作者的風格，從而揭示作者的個性甚至價值觀。比如，作為政治人物的回憶者，他的回憶錄中就有明顯的政治立場和治國理念，這也是其回憶錄富有價值之處。

【記敘與描述】 即回憶錄寫作時所採用的表達方式。回憶錄通常以記敘為主，不會過多地進行討論。有時會加入一些評價，更多的是個人印象的描述。對過往事件的描述離不開起因、經過和結果。在聚焦具體的人和事時，需要通過描述讓讀者體會細節。

【**時間順序**】 即回憶錄的寫作順序。通常，回憶錄都是以時間的先後順序進行書寫，這能夠表現回憶者的具體階段，甚至一生的成長和變化。當然，有時候回憶錄中也會插入一些回憶片段，這是為了補充某一時期的背景。但總體而言，回憶錄都是按照順敘來進行的。

【**真實性信息**】 指回憶錄將當事人親身經歷的事實和感受作為內容。回憶錄的真實性基於敘述者本身。有時候，一些政治人物或公眾人物在回憶錄中因對一些不為人知的細節進行爆料而陷入羅生門事件，這一方面表現了回憶錄文體對回憶者誠實性的客觀要求，另一方面也讓回憶錄因爆料內容而增強了可讀性和傳播效力。

【**記錄**】 相對於表意而言，回憶錄通常是為了客觀記下曾經的事情，而非藉此表達情感。回憶錄的功能相對客觀，主要是記錄，而不是讓作者藉助此文體形式讓後人歌功頌德。即使有對曾經的某些事件進行褒貶，但也都不是回憶錄的要義。

四、語言特徵

【**通俗性**】 指回憶錄的語言多為非正式性的話語，類似於書信，不同層次的讀者都能進行閱讀。這也表現了回憶錄文體的功能不是娛樂大眾或引發思考等，不需要用特定的語體進行創作。通俗性還表現在回憶錄的講述方式不需要委婉，在近似大白話的通俗表述中，讀者能夠了解作者的隨和與親切，進而明確回憶錄的基本功能。

【**客觀性**】 指回憶錄在讓受眾盡量避免對回憶者的主觀猜測時

所使用的語言特徵。語言的客觀性表現在對某些細節的客觀描述中。作者無法藉助他人的視角介入自己的敘述之中，因此會依據自己當時的印象如實還原具體場景或細節，而這種單一視角的記述正是客觀性的體現。

【真實性】 即回憶錄語言在呈現過程中應該尊重客觀事實的特徵。無論回憶者依照怎樣的方式呈現回憶錄，他的言語都是被默認為真實的。當然，作者會有目的地將這種真實性通過語言表現出來，像是真實的感受描寫，真實的所見所聞，真實的體會思考等等。

【生動性】 指回憶錄在增加讀者閱讀興趣時所採用的語言特徵。生動的敘述能讓回憶錄的內容有趣易讀。這種生動主要體現在對人物或事物的描寫和評價中。評價會讓讀者感受到一種建立在真實語境之中的誠懇，進而體會這些評價所呈現的生動人物或者事物形象。

【個性化】 即回憶錄語言應符合的個人表達方式。每個人的陳述具有個性，回憶錄的主要功能雖然是記錄，但是以何種語氣和風格進行記錄，可以表現出語言的個性化風格。個性化的表述能夠讓讀者看出作者回憶的情緒和心態。

五、表現手法

【詳略安排得當】 即內容處理上要有詳有略。回憶錄的作者應擇取哪些有意義的部分進行詳細記錄，而哪些內容應一筆帶過，這往往會影響到回憶錄的價值和可讀性。畢竟，對於讀者而言，閱讀回憶錄的主要目的是了解作為當事人的作者如何參與到歷史之中，特別是其中的不為人知之處。

【記敘穿插描寫】 即在講述故事的同時對事件或相關人物進行的描繪。回憶錄當以記敘為主，畢竟是對回憶的記錄，而不是大量具有文學性的描寫。記敘當中可穿插描寫，而這種描寫的本質也是客觀的描述。大量的文學性手法會減弱回憶錄的可讀性，因為基本的敘述建構起來的是對歷史事件的直接陳述，過多個性化的輸出會影響讀者對記述的信任度。

【強調個人感知】 即加強敘述者自身對曾經發生的事件的感受和認知。回憶錄通過加入個人的感知，能夠讓文本更加鮮活和生動。尤其是當記述與作者相關的人與事的時候，加入個人感知會讓冰冷的事物變得溫暖，也會讓觸不可及的人物有如近在眼前。記述者個人的視角體現在了對某些情況的感受和認知之上，這無形中引導讀者從這種感受和認知出發，利用一種對比的心態，將回憶錄中的某些細節與教科書中的描述或者故事、演繹中的描述做比照，從而細緻地推敲，還原最為真實的情況。

【避免價值輸出】 即在回憶過程中減少有關個人觀點的相關內容。回憶錄的功能是客觀記錄，而不是勸服。在回憶錄中，應盡量避免用説服他人的方式進行價值輸出。當然，這不代表回憶者完全沒有個人評價。相反，回憶錄中的個人視角應建立在對事物的評價中。對周遭事物和相關人物的評價能夠讓回憶錄更好地表現個人視角。

【細節化呈現】 指在回憶錄中加入一定篇幅的細節描寫。回憶錄中要有一定的細節描寫，才能夠使內容更具吸引力。雖然回憶錄的本質看起來像流水賬，但是，毫無滋味的流水賬無法體現回憶錄的價值。具有個人視角的細節呈現能讓讀者有身臨其境之感，也能夠通過作者在細節上的描述感受作者的內心世界，同時體會作者在敘述風格上的獨特之處。

【客觀性表述】 即回憶錄整體傳達的態度和視角應是客觀的。客觀記述多表現在記錄者真實的表達中，哪怕是一種帶有偏見的表述，在讀者看來都是作者真實的記述。畢竟，一切講述都出自作者之口，而不是出自為社會、政治或文化所推崇的代言人，作者的言論不應被其他意志所束縛。

備考筆記

重點知識

演繹　分享　感恩　懷舊　見證　回憶者特徵

學習筆記

21

惡搞作品

文體介紹

惡搞，即帶有惡趣味的搞笑或者搞怪。中文“惡搞”所對應的概念，其實是從日本傳來的，日語發音為 kuso，是通過對嚴肅主題加以解構，從而建構出喜劇或諷刺效果的胡鬧娛樂文化，常見形式是將一些既成話題、節目等改編後再次發佈，屬於二次創作的一種手法。

惡搞作品（parody），指用於模擬、評論或搞笑的一種文體形式。惡搞作品中被模仿的對象往往是原創作品，或是原創作品的相關元素，例如主題、內容、作者、風格等。被模仿對象也可以是現實存在的人物、事件或運動。

惡搞作品所代表的相對正式的諷刺文化源自希臘，模仿對象通常是具有社會、政治地位的人物和作品，可被視為藝術，通常也可以被稱作“戲仿”。而 kuso 所代表的日本現代文化，主要用於娛樂範疇，更具民間屬性。隨著網絡的發展和變化，中國網民所了解的惡搞作品有了更多的生存和發展土壤，在日本及中國台灣地區惡搞文化的影響下，呈現了新的形式和內容。

整體把握

文本類型
惡搞文字
惡搞圖像
惡搞視頻

創作慣例
二次創作
重於幽默
拿捏分寸
講求創意
避免誤導
符合法律

惡搞作品

表現手法
挪用
並置
諧音
文字遊戲
情節顛覆
諧擬
異軌
無厘頭手法

語言特徵
創新性
諷刺性
得體性
可識別性

知識地圖

一、文本類型

【惡搞文字】 即對原有作品中人物、事件的相關文字、言語等信息進行的惡搞形式。常見的是利用某一些原創文字材料的結構和表意功能，根據新的語境，創造新的話語表達。惡搞文字能夠體現原創作品的內在邏輯和表達目的。如今比較常見的“網絡體”文字即為一種惡搞文字，如“甄嬛體”等。

【惡搞圖像】 即通過 Photoshop 等軟件，將原版圖片文件進行剪輯、拼接、塗改、扭曲等變換，從而打破原版作品的表意場域，形成一種帶有評論和諷刺意味的新創作，表達改編者建立在原有作品邏輯之上，同時超脫原有作品意義範疇的意圖，讓讀者產生反思和愉悦。

【惡搞視頻】 在網絡視頻流行的趨勢下，越來越多視頻博主通過對原有視頻的改編或者借用原有視頻所涉及的主題、熱點話題、人物形象、橋段等進行二次創作，從而形成全新的視頻呈現。這些視頻往往帶有強烈的搞笑意味，同時具有原有作品的影子和內涵，並與之形成強烈的對比和關聯，從而產生娛樂效果或諷刺效果。

二、創作慣例

【二次創作】 即必須有被惡搞的對象，因為沒有被惡搞的對象，就無惡搞可言。因此，二次創作是惡搞的必要條件。

【重於幽默】 "好的惡搞" 的標準，即必須要能讓人會心一笑。

【拿捏分寸】 為惡搞和誹謗之間所需掌握的平衡。過於詆毀原作或特定人物，就變成了毀謗，而非惡搞。

【講求創意】 即惡搞不是炒冷飯或老梗的集結，創意是惡搞的精髓。

【避免誤導】 即惡搞不能以引發公眾恐慌為出發點或者結果，不得使人誤以為是真實事件。

【符合法律】 即惡搞被著作權保護的作品，應匿名發表，並且避免牟利行為，不然作者會有被提告侵權的危險。

三、語言特徵

【創新性】 指惡搞作品在語言使用以及相關手法上所體現的新意。無論是文字語言還是視聽語言，惡搞作品雖然像“舊瓶裝新酒”，但重點不在“舊瓶”，而在“新酒”，即要有新的內涵，新的創意，這樣才能在更大程度上吸引讀者，並利用媒體的傳播達到推廣流行的效果。

【諷刺性】 即惡搞在整體上應具有一定意義上警醒世人的功能，這一點體現在語言中。雖然大部分的惡搞作品只是博人一笑，但不少惡搞作品中的語言或多或少都會呈現諷刺意味。無論是手法的使用效果上，還是二次創作的意圖上，這種諷刺意味加強了作者在惡搞作品創作上的動機，讓其能夠通過惡搞作品的創作表達自己獨特的見解，亦採用幽默詼諧的方式，不會造成強烈的衝突。

【得體性】 指惡搞作品雖然能在某種程度上達到諷刺的意味，但總體來説還是要保持一定的底線，即所用語言應相對得體。這意味著作者不能使用具有攻擊性的語言加深諷刺的力度，那會造成對原作品使用不當，在讀者看來也是不合情理的。娛樂並不代表冒犯，而“得體地冒犯”主要體現在得體的語言中。

【可識別性】 指無論對哪種類型原作品的惡搞，所使用的語言都應具有識別度，至少不能太過隱晦，以造成讀者理解上的困難。一般來説，惡搞作者針對時下熱點進行創作，即便是對過去的熱點素材進行惡搞，也要保證這種熱點的描述是預期讀者能夠理解和接受得到的，否則就是一種失敗的惡搞語言。

四、表現手法

【挪用】 指情節、風格、主題等多個層面對源文本進行不同程度的借用。

【並置】 指一種言語符號，將兩個相對的概念、對象、位置、字符並排放置，以突出兩者的差異性和相似性。並置並非排比。排比是將相異的意象強制性地"羅列"在一起，共同烘托、渲染某種情緒的觀點，而並置是並列的物象、事件，它們是平等而各具意味的。並置昭示了人與物、物與物之間的某種隨意性與偶然性。同時，並置可引起對比性的聯想。

【諧音】 利用語音上的相同性，產生雙關、暗諷等效果。現在流行的"諧音梗"即為一種語言方面的表現形式。

【文字遊戲】 利用特定語彙的讀音、韻律與諧音，使受眾聯想到同音異義語，或利用其字形、拼寫法，使人聯想到同形異義的漢字、語彙，從而實現幽默的效果。

【情節顛覆】 針對原有情節進行改編，使情節或結局上與原版截然不同，進而讓人產生一種顛覆感，給人留下深刻印象。

【諧擬】 對原有作品中的細節進行富有娛樂性的改編或者改造，從而造成模仿上的差異效果，讓人聯想到原作的同時對新的表達內容有所感悟。

【異軌】 即當代媒體作品的變體，是一種“將舊有作品以顛倒的方式重新創作”的手法。被進行再創作的原作品應為大眾所熟悉，以便能夠有效、迅速地傳達與原作相反的意圖和信息。

【無厘頭手法】 通過荒謬的模仿、對比的並置、口語對話和行動中的誇張等具體手法對原有作品進行解構的再創作，有消解原作品相對嚴肅的意義之作用，進而產生諷刺或者評論的效果。

備考筆記

重點知識

挪用　並置　諧音　文字遊戲　情節顛覆　諧擬　異軌
無厘頭手法

學習筆記

22 模仿性作品

文體介紹

模仿性作品（pastiche），是一種視覺藝術作品，通常是模仿另一個作品，包括戲劇、音樂、繪畫、建築等領域，尤其是在風格上、作品的角色上或者其他元素上的一種模仿。與戲仿（padogy）相似，模仿性作品通常用於讚美和表揚，而戲仿通常用於諷刺和批評。模仿性作品的定義較為寬泛，由於起源於西方藝術領域，因此在中文語境中沒有固定的使用場合。

整體把握

模仿性作品

表現形式
橋段、致敬、原型
模式、挪用、折衷

文本功能
致敬經典
想法創新
易於上手

表現手法
抓住精髓
富有新意
自然呈現
並置挪用
連貫統一

文本特徵
二次創作、模仿經典
用於讚美與致敬

知識地圖

一、文本類型[1]

【角色模仿】 指的是通過模仿原作的角色進而提升其形象或者其身份的某些方面，我們在諸如"外傳""後傳"等影視文學作品中可以看到角色模仿的存在。

【理念模仿】 指的是針對原作構思理念方面的模仿，可以是主要的角色命運走向或者細小的故事枝節等。例如話劇作品《雷雨》就是在某種程度上模仿了經典戲劇作品《哈姆雷特》。

【風格模仿】 指的是對原作的語氣語調等風格方面進行的模仿。

【語句模仿】 指的是直接援引原作中的語句或者對其進行引申。經常被模仿的句子如"生存還是毀滅，這是一個值得考慮的問題"。

二、表現形式

【橋段】 在電視劇或者電影作品中，往往會呈現以前作品中的經典片段或者是表現手法（動作、表情、場景、台詞、狀態等），抑或是一種敘事模式，俗稱"橋段"。比如説，一個經典的橋段可以是"聽到噩耗，手裏的碗掉在了地上"。這種模仿

---

❶ 參見 "Pastiche in Literature: Definition & Examples | SuperSummary." https://www.supersummary.com/pastiche/.Accessed 14 Jul. 2022.

性的創作手法起始於曾經的作品，後被人們應用到自己的作品中。當然，橋段的運用往往起到與觀眾共情的作用，同時也方便創作者對某些情節做有效的處理。需要注意的是，濫用橋段會讓觀眾產生逆反心理。

【致敬】 “致敬”原意是指向某人表達敬意。在藝術創作中，致敬指刻意採用之前作品中的相同要素來表示對其貢獻的肯定與敬意。需要注意的是，致敬與採用相同要素的戲仿有所不同，所採用的要素並不專為幽默或嘲弄（但這種情況會發生在搞笑作品間的致敬），兩者都屬於二次創作。另外，致敬並不是抄襲，不能以致敬作為抄襲的借口。真正的致敬會有熟悉感，但決不會是前作的翻版。

【原型】 原型指首創的模型，代表同一類人物、事件、觀念等。這種原型會被後人不斷模仿或重塑。它是來自心理學家榮格的名詞，指在神話、夢境、文學、宗教等一再重複的意象。常見的原型包括“英雄”“孤兒”“巫師”“流浪者”等等。

【模式】 模式通常指主體行為的一般方式，廣泛地說，可以用於任何人類創作中規律性的表現形式。藝術作品中，隨處可見一定的模式、範本，通過對這種模式的模仿，作者可以利用其具有的表意系統和功能呈現主旨和意圖。模仿性作品對創作模式的使用可以較大程度上滿足自己的創作需要，並以此來吸引受眾。例如，動畫作品的創造就遵循一套成熟的模式，創作者模仿這種模式在自己的作品中呈現自己的想法，形成一種特定風格，進而吸引喜歡這種獨特風格的觀眾群體。

【挪用】 在藝術領域中，指利用預先存在的對象或圖像，保留它們或轉換之後用於新的創作。挪用這一創作手法在藝術歷史（文學、視覺藝術、音樂及表演藝術等）上發揮了重要作用。在視覺藝術領域，挪用意味著對人造視覺文化的整體或部分樣本進行適當地採用、借用或循環利用。在戲仿中，我們也會看到大量的挪用。但是，通常這種挪用是為了製造一種幽默效果。模仿性作品的挪用則旨在利用經典的形象傳達新的意義。

【折衷】 通常用於建築中，指融合了歷代作品中的風格元素，創造出新穎的作品。這種建築作品也被稱為"集仿主義建築"。

三、文本功能

【致敬經典】 即對被模仿作品表現出致敬的態度，以視其為經典。模仿性作品的初衷和功能通常是正面、積極的。正因為值得模仿，被模仿的作品通常也被稱為經典。通過模仿、致敬經典，無論在電影電視還是藝術創作中，總有一些人在前人的基礎上開創一些新的風格。潛移默化中，他們的作品中都有前人的影子，而這些人的作品又會成為一種新的經典並被模仿、被超越。模仿實際上是一個行業前進發展的動力源泉。

【想法創新】 即在模仿的同時文本所表現出來的作者的新的想法和手段。承接上面的致敬經典，其實很多創作者會利用前人使用過的手法來創作，目的是在創作中找到新的表現手法。時代不同，觀眾群體也發生了改變。因此，對相同的主體進行有目的升級和改造，也是對經典的昇華。我們很容易從某些作品中看到其他作品的影子，這是模仿性作品的特徵，但是一絲不變的模仿會讓作品顯得俗套，不具有新意。如何能夠在模仿中有一定的創新，這是創作者始終要面對的問題。

【易於上手】 指為創作者所提供的一條相對簡單的創作之法。對於新入行的創作者來說，能夠對現成的範式進行模仿，是一種較為容易的做法。模仿的過程中，新手創作者熟悉手法的運用，以及手法在表意環節中的作用，在此基礎上完善自我，又可以創造新的表現方式。通常，有名的經典作品容易被大多數新手模仿，但未必能抓住作品的精髓。他們需要不斷地練習和精進，才能形成自己的風格。

四、表現手法

【抓住精髓】 模仿不是要求表面的一致或相似，而是從其內核中了解原作品的意義和價值。在通過一定的方法進行模仿後，新的作品中就會呈現更富有表現力的全新意義和價值。很多作品流於表面的模仿，往往會給觀眾或讀者拾人牙慧之感，即不夠精彩，也欠缺誠意。這也表現了創作者對於手法的運用只知其然，而不知其所以然。

【富有新意】 即在模仿過程中加入作者自身創意的方法。富有創意的作品，即使是模仿，也能讓受眾感受到作者的新意和誠意。新意主要表現為內容的創新、主題思想的創新和表現手法上的創新等。

【自然呈現】 任何生硬的照搬或矯揉造作的模仿都會造成受眾接受上的不適，畢竟經典是用來致敬的。作者發自內心的二次呈現能讓觀眾感受到創作者通過模仿所產生的意義，這種過程可以稱為自然呈現。

【並置挪用】 並置和挪用都是戲仿或模仿性作品的手法。通過並置，可以將模仿的事物或手法置於新的語境之下，與新的事物或者情節產生一種聯結，讓觀眾或讀者產生額外的感受。挪用在前面已經提到過，對較為完整的元素的挪用可以產生一種新的意義和內涵。

【連貫統一】 即模仿作品在內在結構上所使用的手法。任何作品的內在結構都要保持連貫和統一，模仿作品也是。怎麼模仿，在哪些地方模仿，模仿什麼，這些模仿元素應在新作品中有新的表現，這就要求它們之間內在的統一與和諧。

備考筆記

重點知識

橋段　致敬　原型　模式　挪用　折衷

學習筆記

23 照片

文體介紹

照片（photo），又稱相片，傳統上是將感光紙放在照相底片下曝光後經顯影、定影而成的人或物的圖片。

照片是由攝影而得到的圖像，始於 1826 年。傳統照片成像的原理是透過光的化學作用在感光的底片、紙張、玻璃或金屬等輻射敏感材料上產生出靜止影像。數碼照片則是利用電子傳感器，把光學影像轉換成電子數據。絕大部分相片是由相機（"傻瓜相機"、數碼相機、微單相機、單反相機、拍立得等）拍攝所得，其種類包括正像或負像。

整體把握

文本類型
人物照片、風光照片、紀實照片
建築照片、靜物照片、天文照片
微距照片、素材照片、婚紗照
商業照片、公關照片、藝術照

照片

文本要素
照片設計
照片信息
照片情緒
照片時機

文體特徵
簡潔性、朦朧感
對比性、均衡性
對稱性、節奏感
象徵性

風格流派
寫實主義、自然主義
繪畫主義、印象主義
達達主義、超現實主義
純粹派

知識地圖

一、文本類型

【人物照片】 又稱“人像”，即以人為主題的照片，通常用於文本中對於人物介紹。

【風光照片】 即以自然風光、人文風光等為主題的照片。這類照片通常用於表現自然或人文社會的獨特景象，一般具有明顯的讚美和稱頌意味。

【紀實照片】 即寫實，就是以客觀的視角對周圍的人、事物、場景拍攝而成的照片。紀實照片通常配合紀實類的文本，如報道等。

【建築照片】 即以建築為主要對象的照片，主要為了表現建築的特色和宏偉壯觀等美感。

【靜物照片】 即以實物為主要拍攝對象的照片，通過對實物的拍攝突出實物與周圍環境融為一體的美感。

【天文照片】 即以星辰、宇宙為拍攝對象的照片，除部分用於科研外，多表現宇宙的浩瀚、星辰的遼闊等。

【微距照片】 指用較近距離以較大倍率拍攝的照片。此類照片通常為了聚焦實物本身的細節，表現實物的神奇之處與美感。

【素材照片】 即為豐富相關素材的圖片庫而拍攝的照片。此類圖片的目的性較強，場景的適用性較為明顯。

【婚紗照】 指用以記錄結婚的照片。伴侶雙方通常在不同場景和主題中擺拍，既為了慶賀婚姻，同時也為日後的回憶提供影像資料。

【商業照片】 即以商業宣傳為主要目的而拍攝的照片，通常是產品照片，或以產品為中心實物，並配以其他元素。

【公關照片】 指為企業宣傳或營造形象而拍攝的照片。此類照片體現了企業或公司的文化、價值觀等信息。

【藝術照】 即以藝術創作為目的而拍攝的照片，可以是人物，也可以是自然風光或靜物等。此類照片應有一定的藝術表現力，並符合受眾的審美需要。

二、文本要素

【照片設計】 通常指構圖。如何通過構圖來呈現相片中的不同元素，這是一張照片在拍攝前應做好的準備。構圖擔負著突出主體、吸引視線、化繁為簡、提供均衡畫面的作用。好的構圖將會凸顯畫面的中心，使畫面更具故事性，並能反映作者對某一事物的認識和感情。

【照片信息】 照片除了展現定格的實物、人物和場景之外，也會藉助鏡頭陳述一個畫面之外的故事、寓意，或拍攝環境等。照片幫助受眾運用自己的想象力，去聯想定格了的鏡頭的前因後果，特別是攝影者所要表達的主題。因此，照片的故事性也就是照片所蘊含的深層信息。

【照片情緒】 定格畫面所表露的情緒是照片一個重要的元素。情緒可以是平靜的、安寧的、懷舊的、熱烈的，或悲傷的，等等。一張照片，不管是新聞攝影、紀實攝影，還是普通的抓拍，它所呈現的是瞬間凝固的情緒，然後讓這種情緒在畫面中保存下來，再借由觀察者雙眼的蔓延，隨著拍攝者的思路延伸下去。

【照片時機】 無論擺拍還是抓拍，能夠稱為經典的照片，通常都是在最佳時機之下拍攝的，因此時機是照片必要的元素之一。一張好照片通常是在連拍模式下的數十張或數百張照片中精選出來的，也正是在最佳時機中拍攝的。而如何定義最佳時機，則要看照片整體的表現內容和拍攝者意圖之間的關係。

三、文體特徵

照片的文體特徵指照片在拍攝手法上所呈現的特徵。

【簡潔性】 在一幅攝影藝術作品中，無論是情節性的或是非情節性的、人物或是風光、抓拍或是擺拍，在其畫面構圖中，都應考慮光線、色彩等元素對於主題表達的作用。如果沒有必要，或可有可無，就應毫不猶豫地捨去，這就是攝影的精簡原則，也就是簡潔。簡潔可以重點突出想要表現的內容，同時捨棄不必要的干擾。

【朦朧感】 即虛化，指對目標或背景的虛化讓照片呈現出一種整體的感知，從而弱化細節。背景的虛化可以最大程度地凸顯中心實物或人物特點，整體背景可以作為幕布或營造出的環境。朦朧可以讓圖片進入一種詩化的境界，從中感受被拍攝事物的模糊印象。

【對比性】 即攝影構圖手法之一，為突出主體、強化主題服務。對比的表現手法是將兩種具有明顯差異的因素並列、比較、突出差異，從而使受眾獲得鮮明、醒目、振奮、活躍的心理和視覺審美感受。對比的類型包括形式和內容。形式對比包括形體對比、色彩對比和色調對比，內容對比則包括善惡、美醜、正直與虛偽等對比。照片通常以形式對比為主要表現手法。

【均衡性】 指拍攝對象在畫面中處於相對平衡狀態，使人物照片能在視覺上產生穩定感、舒適感。不穩定的畫面會造成不安全感，讓人感到不舒服、不安定。受眾心理對照片圖像的事物有輕重之分，因此，要按照合乎邏輯的比例關係安排事物在畫面中的位置，以實現均衡感。

【對稱性】 又稱對等，屬於形式美的法則之一，是事物中相同或相似形式因素相稱的組合關係所構成的絕對均衡。對稱給人莊嚴、肅穆、和諧之感，但同時也容易產生單調和古板。照片的對稱需要考慮拍攝的主題和目的。比如，傳統和莊嚴的事物通常會使用這種手法。

【節奏感】 節奏是運動的屬性，是一種合乎規律的周期性變化的運動形式。在攝影藝術中，人們常把節奏稱為“間隔的秩序”，它起到組織、造型、表情傳遞的作用，體現在線條的流動、色塊形體、光影明暗等因素的間隔性變化中。其中，組織是指將現實的畫面以分散的對稱，按照一定的間隔，形成畫面上的節奏感，使人產生井然有序、活潑生動之感。造型指的是形體、色彩、線條的間隔變化，以此改變雜亂、單調等負面效果。表情則指通過鮮明並富有表現力的畫面，給人帶來的審美情感活動。比如，線條密集的節奏令人興奮，低調轉換的節奏令人壓抑，空間分佈疏密的節奏令人心曠神怡，色彩輕柔變化、緩慢的節奏令人安逸舒適等。

【象徵性】 指在日常生活和藝術創作中，人們借用具體可感的形象或符號，表達一種概括的思想情感、意境或抽象的概念和哲理。象徵物的形象和被象徵的內容之間並無必然的關聯，但通過表面的聯結，讀者能夠使用豐富的想象力感受其中的象徵意味，這是具有思想性的照片通常會使用的方法。

四、風格流派

【寫實主義】 指一種客觀主義的表現風格，通過攝影鏡頭對某個畫面進行真實截取，從而還原被記錄對象或場景的真實情況。這類照片不是為了凸顯某個人物或形象，也並不旨在褒揚或揭露。其主要目的是真實呈現，因此拍攝對象不應被外界干擾，而應呈現最自然的狀態。

【自然主義】 指反對模仿繪畫，反對對照片進行人為加工，提倡以寫實的手法展現攝影獨特魅力的風格。自然主義與寫實主義的差別在於，寫實主義注重拍攝對象而非拍攝手法，自然主義則關注寫實的拍攝手法。

【繪畫主義】 指創作者追求繪畫的效果，或“詩情畫意”的境界。

【印象主義】 即借鑒繪畫中的印象主義風格，藝術上追求明暗和色彩在人視覺印象中的感受。

【達達主義】 指攝影與傳統和理性對立，宣稱與美學無緣，通過暗房、拼接等技巧構築作品。

【超現實主義】 刻意表現的對象是人類的下意識活動、偶然的靈感、心理的變態和夢幻，以剪刀、糨糊、暗房技術作為主要手段，在作品畫面上將影像進行堆砌、拼湊、改組，任意的誇張、變形，創造一種現實和臆想、具體和抽象之間超現實的“藝術境界”。

【純粹派】 主張攝影藝術應該發揮攝影本身的特質和性能，將其從繪畫的影響中解脫出來，用純淨的攝影技術追求攝影所特具的美感效果——高度的清晰、豐富的影調層次、微妙的光影變化、純淨的黑白影調、細緻的紋理表現和精確的形象刻畫。

備考筆記

重點知識

微距　公關　朦朧感　均衡性　對稱性　照片情緒

學習筆記

24

無線電廣播

文體介紹

無線電廣播（radio broadcast），又稱電台廣播，是以無線電波為傳輸廣播節目載體的廣播方式。在無線電廣播中，人們先將聲音信號轉變為電信號，然後將這些信號由高頻振蕩的電磁波向周圍空間傳播。而在另一地點，人們通過接收機接獲得電磁波後，又將其中的電信號還原成聲音信號，這就是無線電廣播傳遞的大致過程。

人們能夠通過無線電廣播收聽電台新聞、廣告、評書、音樂、專題節目、對話節目、訪談節目等。現代的無線電廣播逐漸被數字形式的播客所取代，播客的內容也擴展到有聲書等新的形式。播客不受收聽設備的限制，同時還可以通過下載，實現離線收聽。

整體把握

廣播特性
聽覺傳播媒體
傳播速度快
傳播範圍廣
受眾廣泛
即時性

文本類型
新聞類廣播
社會教育類廣播
服務類廣播
文藝類廣播

無線電廣播

文本特徵
內容：宜精煉概括，
　　　忌紛紜龐雜
篇幅：宜短小，
　　　忌長篇大論
結構：宜時間順序，
　　　忌倒敘、插敘

語言特徵
宜通俗簡短，忌生澀冗繁
多主謂結構單句
多標準語言、常用詞彙
多用雙音節詞

知識地圖

一、文本類型

【新聞類廣播】 以消息為主，特點是快速、真實、簡短、鮮活，主要功能是宣傳政策、報道時事、引導輿論、傳播知識。

【社會教育類廣播】 指以傳播政治、思想、倫理和科學為主，推動精神文明建設為目的的節目。主要特點包括：傳播對象專一性與廣泛性的統一、知識性與新聞性的統一、教育特點與廣播傳播特點的統一。

【服務類廣播】 此類節目實用性強，能直接幫助受眾解決思想、工作、生活中遇到的實際問題。

【文藝類廣播】 指以廣播方式播送和傳輸文化藝術，使受眾達到審美與娛樂目的的廣播節目。此類節目是文藝與廣播相結合的產物，其特徵有包容性、群眾性和滲透性，主要功能則是娛樂與社會教育。

二、文本功能

【聽覺傳播媒體】 這是廣播文體的基本構成屬性，即利用聲音符號，以有聲語言為主要傳播手段，訴諸人的聽覺，這是廣播最根本的特點。人的聲音能説明事物、傳達情感，產生聲情並茂、真實可信的效果。廣播還可以使用音樂和音響增加節目的現場感，使之有立體感、空間感和情境性，因此具有較強的感染力。

【傳播速度快】 廣播的內容利用電波傳播，播出聲音與聽眾聽到聲音的時間幾乎是同步的。製作、傳輸、接收簡單，時效性居於各種傳統大眾傳播媒體之首。

【傳播範圍廣】 電波的傳送不受空間距離、地理環境、天氣、交通、自然災害等因素的限制，所以傳播範圍比印刷媒體廣泛。

【受眾廣泛】 即廣播的收聽不受時間、空間、受眾文化程度的限制，同時廣播接收設備輕便廉價，可以隨身攜帶，便於隨時隨地收聽，這些都會讓更多的人來收聽。

【即時性】 指的是廣播媒體播出的聲音轉瞬即逝，不留痕跡，而廣播中較為複雜的內容往往不容易理解。

三、文本特徵

廣播稿指為廣播準備的腳本類材料，無線電技術以此為腳本進行聲音播報。

【內容精練】 即廣播稿最好是一事一報，單一主題。內容紛繁的報道，即使內容都很重要也很難叫人都記住，所以應善於擇其要。再豐富的素材，也要高度提煉濃縮，做到抓住基本內容，闡明基本觀點，報道基本事實。有些人寫稿常常忽略這一廣播稿寫作規律，總喜歡全一點，常常出現多主題或主題分枝的情況，這樣反而影響了宣傳效果。

【篇幅短小】 即廣播稿應以短新聞為主，提倡多寫二三百字的新聞，最多不宜超過五六百字。因為長新聞多數情況下不可能取得好的收聽效果。洋洋千言的報道，聽眾往往記住這部分而忘了那部分，記住後面的而忘了前面的，真正耐心聽到底的聽眾是極少數的。

【時間順序】 即廣播稿通常以時間先後作為寫作結構上的順序。在文章結構上，運用倒敘、插敘的手法，在報刊雜誌上很普遍，但在廣播稿寫作上卻是一大忌。因為倒敘、插敘不符合人們的聽覺習慣，這樣的結構順序往往叫人聽不明白。所以，廣播稿一般情況下都要按時間順序寫，儘可能讓聽眾一聽就明白。同時，段落也要力求簡潔明了，每段都具有完整的意義。

四、語言特徵

【通俗簡短】 即內容呈現和語言選用應具有言簡意賅、簡明易懂的特徵。語言通俗、句子簡短、一聽就懂是廣播語言最基本的特點，也是廣播稿寫作的最基本要求之一。

【順句句式】 指廣播稿為使聽眾聽懂，應盡量使用主謂結構的順句，少用倒裝句；多用單句，少用複句；多用標準語言、常用詞彙，少用文言、方言和冷僻、生造字詞。為使聽眾聽清，應避免造成同音近音歧義，應盡量多用雙音節詞，如"但是""曾經""因為"，而少用單音節詞，如"但""曾""因"。

備考筆記

重點知識

新聞類節目　社會教育類節目　服務類節目　文藝類服務

學習筆記

25 報告

文體介紹

報告（report），在中文語境中，主要用於下級對上級彙報工作的完成情況，包含對工作情況的綜述，工作中的經驗教訓、存在的問題及今後的設想等。通過報告，下級能夠聽取上級的指示和反饋，並針對指導進一步完善工作任務。

隨著市場經濟的推動，各類型的公司也取得了長足的發展，報告成為了一種新興產業，其用途也逐步擴大。除了原有的文體功能外，報告還用於新產品開發、投資、融資，公司發展規劃、年度發展等方面。這些報告依賴專業的撰寫機構或團隊，有一定的分析性和預測性，能為企業發展和政府工作提供了有效的依據。

整體把握

文本要素
彙報性內容
陳述性語言
單向性行文
事後性成文
雙向性溝通

文本類型
例行報告
綜合報告
專題報告
述職報告
調查報告
產品分析報告

報告

語言特徵
真實性
客觀性
陳述性
嚴謹性

知識地圖

一、文本類型

【例行報告】 分為日報、週報、月報、季報和年報。此類報告會定期對某些專題或工作情況進行總結，從中發現新的問題，提出意見和建議等。例如，人們熟悉的公司年報，主要為了讓投資者了解這一年企業的發展情況，並在報告的指導下對未來的投資有目的地作出調整。

【綜合報告】 指從多方面整體分析工作情況，可以結合工作計劃或工作總結，內容多為綜合分析，條理明晰，重點突出。比如，《氣候變化綜合報告》即從多方面總結氣候變化的情況和預估的影響，突出了氣候變化情況的現實性，並依照有效的研究方法綜合進行呈現。

【專題報告】 顧名思義，指針對某個單一情況進行深入調查和分析而形成的報告，如《職工薪酬報告》。這類報告具有短、平、快的特點，能夠有效地對上級想要了解的具體主題情況進行呈現，有助於上級快速了解實際情況。

【述職報告】 多指政府機關的下級人員向上級人員所作的報告。此類報告能夠讓上級了解屬下在各自職位的業績及工作上的體會和想法，有助於上級了解下級的工作狀況和工作進度。

【調查報告】 通常用於對某個研究課題的結果呈現，如將社會科學的研究呈現發表於期刊雜誌，從而對報告相關的機構或單位有一定的指導作用。

【產品分析報告】 指針對產品的各項參數、性能、質量、採購、工藝等方面做的分析報告。此類報告本著對生產方和投資方負責的態度，詳細介紹產品的綜合信息，以展示產品的價值和未來。

二、文本要素

【彙報性內容】 即報告的整體內容均是由一方向另一方所作的彙報，這要求報告在某個主題之下具有一定的結構。報告的內容應包含項目、特徵、情況、重點、信息、數據等等。彙報者通常要向接收者闡明相關信息和內容，並在此基礎上期待聽報告者的反饋和進一步的指導，因而報告在內容的呈現上要有彙報性質的考量和安排。例如，應考慮聽報告者的身份、認知水平、期待，合理安排自己的報告內容，以便對方了解報告的重點和主旨。

【陳述性語言】 即報告總體上是一方在向另一方陳述某主題相關的信息，在語言方面表現出陳述性的特徵。報告不是為了吸引更多的受眾，語言表達方式也無需富有表現力。當然，報告文本及其呈現方式可以嵌入多樣化的表格、圖解、圖像信息等，但在文字語言部分通常只進行描述性的表達。

【單向性行文】 指報告的接收者不需要對報告內容進行正式批覆或回應，因此在行文表現為單向的輸出。在單向性行文中，需要考察接收者的關注重點，並將此作為報告的重點部分進行陳述。

【事後性成文】 總結之前的工作情況或者調查內容、產品信息等，這些都是事後做的報告。因此，報告應該作為一種階段性或周期性的陳述資料，對之前的信息進行整理和概括，讓聽者了解重點內容，幫助聽者對未來工作進行決策或評估等，即事後性成文。

【雙向性溝通】 報告的行文雖然是單向的，但可用於雙向交流。接收者通過報告內容了解報告者的表現、情況，以及專題的內容，即雙向性溝通。在這種方向具體的溝通中，報告作為一種媒介完成報告人的陳述，引發聽者的理解和記憶，具體報告之後的溝通方式與報告本身的內容並不相關，也不會直接影響到報告呈現的手段和方法。

三、語言特徵

【真實性】 指報告人對陳述的信息應做到真實可靠，這體現為語言的真實性。真實性要求語言表達中儘可能使用來自自身研究和考察之後的事實陳述，避免使用具有虛構性的語言信息等。真實性也表現在報告人的態度要真實。在報告的場景設定中，報告人所使用的語言要誠懇、真切，語氣要平實，不應過分渲染或誇大其詞，以免誤導聽者對信息的吸取和之後的判斷。報告中所使用的數據、分析方法和結果都應該建立在真實有效的原則之上。

【客觀性】 指報告人對內容的呈現採取的客觀中立的語言表述。儘管報告人希望聽者對報告內容充分了解並有效認同，但報告人不應過於主觀和富有引導性，從而造成形式主義。客觀性能夠很好地幫助報告人有效地呈現有價值的信息，在此基礎上，能夠避免造成聽者的過分解讀。無論言語中的詞彙、語句，還是引述的例子或結論，都應是客觀的。儘管報告中有時帶有報告者的主觀論斷，但這些論斷的表述不應具有主觀的偏見或傾向性，而應為純粹的。

【陳述性】 報告的陳述性語言指行文的語氣是陳述性的，內容的呈現也重在將相關表述有條理地進行表達，沒有説服、建議、調侃等目的，單純為讓聽者了解其中的信息。陳述性語言通常依賴客觀的描述、歸納與整理，在相關的表述中也應突出重點和新意，這也就需要報告人在擬寫報告時做合理的結構安排。

【嚴謹性】 指報告結構安排上所表現的嚴密精確的特徵。好的報告應有清晰的結構和重點內容，同時涵蓋的信息應能夠清楚地呈現。這需要撰寫報告時，合理地分佈所用材料，同時在標題、小標題的設置上應有內在的邏輯聯繫和邏輯嚴整性。通過加入一定的圖像資料，報告的結構和呈現能夠更具表現力，這要求圖像資料應符合報告本身的內在邏輯。

備考筆記

重點知識

陳述性語言　單向性內容　事後性成文　雙向性溝通

學習筆記

26

影視劇本

文體介紹

影視劇本（screenplay），指為影視作品拍攝、呈現而創作的文字文本。

通常來說，導演需要以影視劇本作為藍本對未來的成片進行指導，演員需依此呈現相應的表演，剪輯者需依此對鏡頭進行取捨，最終製作成完整的影視作品。因此，影視劇本是影視創作的基礎。

影視作品的拍攝由鏡頭和剪輯所呈現。因此，影視劇本需要為影視拍攝服務，在劇本呈現中安排不同的鏡頭和剪輯設計。

整體把握

文本類型
電影劇本、電視劇本
動畫劇本、遊戲劇本
網劇劇本

結構技巧
懸念
發現與突轉
時空交錯
巧合

影視劇本

表現手法
題材選擇
人物塑造
結構安排

語言特徵
敘述性語言：視覺的直觀性、動作描寫的造型性
有聲語言：對白、獨白和旁白

知識地圖

一、文本類型

【電影劇本】 即電影完整的書面形式。除了對話外，電影劇本還包含人物、佈景、舞台指導以及音響效果等信息。電影劇本用於電影導演來導演作品，一般分為不同的分鏡頭劇本。相對於戲劇劇本主要藉助語言呈現人物的內心、衝突、矛盾等，電影劇本則包含聲、光、影像等元素，並由此最終完成一部視覺作品。因此，電影劇本是由畫面來講故事的，這就要求它既包含語言，又包含對各種拍攝元素的描述。

【電視劇本】 即電視節目的劇本，包括電視劇劇本、譯製片劇本、專題片劇本，以及電視廣告劇本等。電視劇本是用於錄製電視節目的文字構架，與電影劇本類似，主要幫助電視節目製作者通過畫面圖像、音像等元素完成製作。

【動畫劇本】 又稱動畫腳本。用於記載台詞、對話、動作等內容，使故事腳本或小說細節化，具體到人物的對話、場景的切換、時間的分割等等。與真人劇作不同的是，動畫腳本需要記錄更多的信息。例如，在真實場景拍攝中，鏡頭圍繞主角拍攝，不需要介紹背景的具體細節，而在動畫劇本中，需要將背景是否有路人通過，是否有車輛等細節信息包含其中。

【遊戲劇本】 通常指為角色扮演類遊戲（RPG）的劇情而編寫的劇本。與電視和電影劇本不同，遊戲劇本對於劇情連貫性的要求不高，只需與遊戲系統結合即可。當然，一個遊戲是否稱得上是好的遊戲直接與該遊戲的劇本有關。

【網劇劇本】 隨著網絡的發展，一些自媒體通常會藉助網絡拍攝網絡劇。這些劇通常也需要劇本作為指導。網劇劇本與電視劇劇本相似，但有時候，一些網劇只有情節而沒有台詞，或者一些網劇內容較短，與電視劇劇本相比缺少完整的結構。同時，網劇劇本要求導演快速抓住觀眾眼球，在較短時間裏將故事呈現出來。因此，網劇劇本中的戲劇衝突較電視劇更為明顯。

二、語言特徵

【敘述性語言】 影視劇本的敘述性語言主要包括場景環境、景物形象、人物形象等描寫，以及作者根據某種意圖或影視創作技巧對其他主創人員給出的提示語言。影視劇本敘述性語言包括視覺的直觀性和動作描寫的造型性。所謂視覺的直觀性，主要是人物形象和風景的直觀性。此外，影視鏡頭內部的運動很大程度上依靠人物的動作實現，因而劇本文字需要用富有動作性的文字準確表達人物的動作狀態。影視作品也更多藉助於動作與對白塑造人物形象，通過準確的動作描寫，形象地刻畫人物性格，表達人物的內心情感。

【有聲語言】 影視作品的有聲語言包括對白、獨白和旁白。對白又包含動作性的人物對白，個性化的人物對白以及富有張力的對白。電影憑借動作吸引觀眾，而作為動作畫面的一部分，對話的呈現也有助於觀眾了解人物情緒，感知劇情所帶來的情緒變化。個性化的人物對白主要通過對話揭示不同人物的身份特徵。這些身份特徵包括職業、出身、年齡、性別等，以及人物之間的關係。富有張力的對白指避免使用過於直白的對話，而要讓對話充滿潛台詞，讓受眾感受言在此而意在彼的效果，從而增加受眾的體味時間，避免乏味感。獨白和旁白通常能夠補充人物的內心想法和相關的故事背景。這些都是為了情節的發展，加強與觀眾的互動。

三、結構技巧

【懸念】 又稱“緊張”。根據觀眾觀看影視作品時情緒需要得到伸展的心理特點，編劇或導演對劇情做懸而未決和結局難料的安排，以引起觀眾急欲知其結果的迫切期待心理。它是劇本創作中使情節引人入勝，維持並不斷增強觀眾興趣的一種主要手法。懸念集中的影視劇作品被稱為“懸疑劇”/“懸疑片”。

【發現與突轉】 發現，指從不知到知曉的轉變，可以是主人公對自己身份或與其他人物關係的新的發現，也可以是對一些重要事實或無生命實物的發現。突轉，也稱陡轉、突變，指劇情向相反方面的突然變化，即由逆境轉入順境，或由順境轉入逆境。它是通過人物命運與內心感情的根本轉變來加強戲劇性的一種技法。

【時空交錯】 通過插入情節呈現人物的夢境、幻想、記憶、穿越等等，這便是時空交錯。這種時空間的穿越能夠營造一種人物潛意識的想法，表現人物複雜的內心活動以及人物形象，同時也讓觀眾體會不同時空的環境設定，能夠提高觀賞興趣，增強觀賞效果。

【巧合】 劇本中的巧合能夠凸顯人物的命運感和戲劇的衝突感。當然，合理地安排巧合能使劇作呈現得更為自然，反之則會使受眾感覺老套、無聊，影響觀賞期待和效果。

四、表現手法

【題材選擇】 即題材的選擇要在主題的指導下完成，要根據時下人們所關注的熱點進行細緻地選材，也要符合觀眾的期待。好的題材能夠奠定劇本的基調和故事走向，塑造人物的命運、人物的性格等。近年來，流行於熒幕的時代劇就是一類符合觀眾期待的題材，一方面能夠使有所經歷的觀眾產生懷舊的體驗，另一方面也能使新生代了解自己不曾經歷的過往。這種設定在一開始就能使觀眾深入人物命運的走向中，並以此感受時代的變遷。

【人物塑造】 即依靠動作、語言以及環境的映襯對人物進行塑造的手法。在影視劇本中，如何將這些細節表現出來，最終讓觀眾通過這些細節感受人物的形象，需要由劇作者很好地使用劇本創作技巧來達成。結構的安排也能表現出人物的內在心理和品格，增加巧合、衝突、時空轉換等，都能加強人物形象的塑造。

【結構安排】 指除了按照傳統的戲劇結構，如故事的開端、發展、高潮、結局、尾聲等來安排劇本的結構外，也要根據影視劇的特徵，根據圖像的表現力來安排劇本的結構。通過不同場景的穿插以及人物出場順序的安排，在推動情節發展的同時，能夠給觀眾留下人物的性格特徵和形象等信息。

備考筆記

重點知識

懸念　發現與突轉　時空交錯　巧合

學習筆記

27

成套說明

文體介紹

成套說明（set of instructions），又稱“說明書”，通常是為人們了解某事或某物而作的詳細描述。這要求說明書應實事求是。說明書應對事物或事項做較為全面的介紹，在介紹事物優點的同時，也要清楚地表明注意事項和可能產生的問題。

說明書一般用於產品的信息介紹、使用方法，或安裝過程，也有一些說明書用於介紹演出信息。為了讓說明書達到一定的使用效果，一般會配有圖片等圖像信息，配合文字信息進行介紹和說明。

隨著科技的日新月異，越來越多的說明書發佈者會用視頻的方式呈現。視頻可以發佈在網絡平台，便於人們快速獲取信息。說明書的功能主要是解釋說明，在實現宣傳作用的同時，能夠有效傳播知識。

整體把握

成套說明

文本類型
產品説明書
使用説明書
安裝説明書
演出説明書

語言特徵
簡明性
通俗性
指引性
精確性

文本特徵
內容通俗易懂
結構清晰易查
指引開門見山
位置緊貼產品

知識地圖

一、文本類型

【產品說明書】 即以文本形式向購買商品的消費者提供與產品有關的信息，包括名稱、用途、性質、性能、原理、構造、規格、使用方法、保養維護、注意事項等，從而使消費者較為全面地了解產品的組成、性能、功能等等。產品生產方有目的地通過產品説明書傳達對產品和消費者的責任。因此，本著實事求是的態度，產品生產方不應在説明書中誇大其詞或虛假宣傳，避免引起安全隱患。

【使用說明書】 也稱使用手冊，是向使用者詳細介紹產品的使用方法和操作過程的説明書。使用説明書通常附在產品上，使用者能夠進行快速地查詢和參照。對於較為複雜的機械產品，如汽車，使用説明書通常涵蓋很多內容，這能有效幫助使用者快速了解和上手，並保證產品使用過程中的安全性和不易損壞，同時也讓使用者在遇到技術問題時能夠很快地找到解決的方法。

【安裝説明書】 一些產品在購買後需要購買者自行組裝，這就需要生產方提供安裝具體步驟和注意事項的説明書。一般來説，安裝説明書需配圖，以方便購買者快速了解安裝步驟，進而避免安裝中的錯誤操作。安裝説明書也要列出零件的清單，包括數量、規格和具體名稱等，從而使安裝者在安裝前查清零配件的情況，避免在安裝過程中出現缺少零件而無法安裝或錯誤安裝後出現的安全隱患。

【演出説明書】 通常配合演出展示，包括演出的具體信息、流程、注意事項等。一般來説，演出説明書的內容包括與該劇相關的演員、基本劇情設定、背景資料或創作初衷、演出的具體場次與劇目、演出過程中的互動説明，以及演出時作為觀眾應注意的情況。與其他類型的説明書有所不同，演出説明書的信息無需十分精準，它常常需要根據演出的需要與觀眾達成一定的前期宣傳或觀看協議，從而有利於觀眾更好地配合演出。

二、語言特徵

【簡明性】 指説明信息的表述應簡潔明了，避免贅述。説明書最重要的目的是指導操作實踐，所以要將最重要的信息以最有效的方式呈現給讀者。

【通俗性】 指無論是產品信息還是操作手法，説明書的表述應通俗易懂，盡量減少專業詞語的使用。使用專業術語時，需結合圖示，以便使用者對應識別。許多説明書也將一定的使用注意事項列入説明書中，讓使用者了解潛在的危險，這就要求使用的語言應便於讀者閱讀和理解。必要時，還可以改變字體和顏色來強化這類信息的重要性。

【指引性】 一般來説，成套説明中多用簡短的祈使句式能夠產生一定的指引性。另外，説明書的指引性也表現在結構安排符合邏輯，適當地使用圖表和圖形信息，能讓讀者更直觀地了解操作信息。

【精確性】 指説明書的語言表述應精準、確定，尤其在使用劑量、安全性等信息的表述上，不能簡單籠統，或過於單一，而應全面考慮不同人群的使用注意事項，以免造成因誤讀或忽視而產生的不良後果。

三、文本特徵

【內容通俗易懂】 即説明書在內容的安排上應符合大多數使用者的閱讀要求。這一特徵主要體現在語言簡潔明了，設計清楚直接，在有需要圖形信息的地方盡量使用視覺元素。總之，説明書的重點是讓消費者快速了解信息，不需要花費太多的時間進行閱讀和理解。

【結構清晰易查】 指説明書的內容以明晰的順序進行呈現。成套説明內容簡潔，通常一張紙的正反面就足夠，但有時需要一定的篇幅將所有的信息展示出來。這就需要説明書在設計之初應合理安排不同信息的出現次序和位置，並有條理地將其進行羅列。同時，目錄需清晰，以便使用者輕鬆查找閱讀。需要注意的是，説明信息的安排應符合一定的使用邏輯，避免使用者毫無頭緒地尋找。

【指引開門見山】 指説明書的內容説明應切中要點、直接簡明，避免不相關的陳述。尤其是安裝説明書，使用者無需了解安裝背後的邏輯，但需明確安裝方法。如果擔心使用者對某些步驟缺乏重視，則要在注意事項中清楚説明。一份有效的説明書能夠讓使用者根據自身需要快速查找方法，並在此方法信息的指導下快速操作或掌握相關知識。因此，開門見山的表述方式更有利於這一目的的達成。

【位置緊貼產品】 指説明書在出廠時會放置在貼近產品處。這樣一來，使用者在收到產品的同時，可以隨手取閱，避免延誤使用時機，或增加使用難度。有的產品説明會直接打在產品的包裝或外殼上，尤其對於具有危險性的產品，明顯的標註能有效避免意外的發生。很多時候，説明書的安放位置逐漸成為某類商品的出品設定，比如藥品的説明書一般放在藥盒中，毛絨玩具的説明書一般縫合在玩具上。這類商品説明書的位置應明顯且內容詳細，以免因信息不全而造成意外。這樣一來，商家需承擔一定的法律責任。

備考筆記

重點知識

產品説明書　使用説明書　安裝説明書　演出説明書

學習筆記

28

演講信函

文體介紹

演講信函（speech），在中文語境中一般簡稱為演講或演講稿。演講指演講者在公開場合下，利用聲音語言，藉助身體動作，針對某個具體問題，鮮明且有見地地發表自己的觀點。

演講通常分為有準備演講和即興演講。有準備的演講往往要事先準備演講稿。演講稿的作用可以幫助演講者反覆熟悉甚至背誦下來，並在演講中進行複述，也可以用於演講者在演講的時候朗讀出來。即興演講要求演講者對演講話題十分熟悉，在演講技巧的幫助下，針對特定觀眾，有條理、有感染力地表達自己的觀點和見解。

無論哪種類型的演講，演講者都需要使用富有說服力或煽動性的聲音、體態技巧，針對目標人群有效地傳達觀點，並在此基礎上起到宣講政策、號召行動、推行計劃、普及知識等作用。

整體把握

演講信函

文本類型
說服性演講
鼓動性演講
傳授性演講
娛樂性演講

表現手法
做好開場白
精心安排結構
利落收尾
善於用典

語言特徵
準確性
簡潔性
通俗性
針對性

文本特徵
內容的現實性
情感的說服性
特定的情境感
語言的口語化

知識地圖

一、文本類型

【說服性演講】 這類演講通常具有一定的目標，演講者也有鮮明的立場，要通過這類演講說服目標受眾，接納自己的觀點和立場，並在此基礎上推動觀點的傳播。有說服性的演講需要一定的說服技巧，通常使用富有條理、充分的論證方式，加上真實有效的例子，針對受眾的認知水平，聲情並茂地進行傳遞。演講者往往要深入研究論題，並從聽者角度選擇論點和論據。有説服性的演講通常用於政策宣講，觀眾了解演講者的思路後，方能支持講者的立場。

【鼓動性演講】 鼓動性演講是演講者針對固定的受眾群體，使用富有情緒鼓動性的演講技巧，讓他們產生認同感，以此推動演講主題的探討和傳達。鼓動性演講往往需要演講者利用受眾的感官刺激和心理反應達成演講的目的。這就需要演講者在演講中加入帶有情緒化的表述，比如加強語氣的修辭手法、抒情的表達方式等。此外，反問、設問、排比等修辭手法能夠加強演講者的語氣，增強演講的氣勢。鼓動性演講通常用於號召行動，讓觀眾從內心深處做出反應，並在行動上積極響應。

【傳授性演講】 這類演講主要用於知識宣講，目的是讓受眾了解某些時下流行的理論和研究。這類演講需要演講者對知識做通俗化的處理，應用受眾熟悉的生活場景由淺入深地介紹。受眾能夠從這類演講中學習到新的知識或技能，而不僅僅是演講者的立場或觀點。因此，演講者需要客觀表述，使用陳述性的語言或表述方法讓觀眾有效地理解和接收。演講者除了事先準備演講稿外，還需要通過幻燈片將知識進行分解，用圖像語言呈現給觀眾，從而使理論知識可視化，方便觀眾理解。

【娛樂性演講】 通俗來説，娛樂性演講的目的是為了活躍氣氛，演講形式可以包含多種情感。娛樂性演講的主要目的是打動受眾。因此，演講者需要從題目的選擇開始，選擇受眾能夠輕鬆接受的話題。通過相對輕鬆的例子和表述語言，受眾能夠進入演講者創設的語境中。演講者還可以加入幽默的段子或事例讓受眾放下心理防備，從而建立彼此信任的溝通關係。受眾希望通過這類演講獲得輕鬆和快樂，為了達到這種預期，演講者不應使用較為沉重的語氣或事例，而應使用趣味性強的事例和富有邏輯的演講結構，讓受眾充分享受演講。

二、文本特徵

【內容的現實性】 演講的目的是針對現實存在的情況或問題進行有效的語言表述，以幫助觀眾理解現實情況，解決現實問題。這就需要演講的主題或觀點要與觀眾的生活緊密相關，同時，這些議題應是真實的，而不是演講者虛構的或混淆視聽的。這就是內容的現實性。

【情感的說服性】 演講無論是說服性的還是鼓動性的，無論是出於傳授還是娛樂的目的，都應深入觀眾內心來實現這些功能和目的。直抵觀眾內心的方法通常是演講者利用說話的藝術創設真實的場景，加入符合觀眾利益或者預期的內容，使用消解觀眾心理負面情緒的語氣，利用富有邏輯的說理技巧等。這就是情感的說服性。

【特定的情境感】 指演講或演講稿應符合特定受眾、場合和目的，針對不同的觀眾、場合、目的，演講的方法、邏輯順序、語言等應隨之變化。這需要演講者豐富的演講經驗，熟練掌握針對不同場合的處理方式。

【語言的口語化】 即演講的語體特徵。不同於做報告和寫論文，演講不需通過專業術語或高深的詞彙表明自己的專業能力或立場。演講應打動受眾，並讓受眾在此基礎上接受演講者的立場或觀點。因此，演講者需要最大程度地使用口語化、通俗化的語言表述內容。

三、語言特徵

【準確性】 指演講者需要在明確的思想主題的引導下，準確地使用詞語和表達。這就要求演講者具有豐富的詞彙儲備，避免詞不達意造成的減分。在演講中，合理運用感情色彩、選擇準確的詞語進行表達不僅能夠符合觀眾的心理預期，同時也能避免誤用或詞不達意。

【簡潔性】 指演講力求以最少的語言表達豐富的內容。演講語言的簡潔性建立在演講者對自己所講內容認真思考、邏輯和要點明確的基礎上。文字的錘煉和推敲也促進了語言的簡潔性，能夠讓演講者在演講時不至於拖泥帶水，紊亂蕪雜。

【通俗性】 語言的通俗性通常表現為演講語言的口語化。此外，具有強烈的個人特點的語言也能讓演講在通俗的同時不落俗套，增強演講的表達效果。富有感染力和幽默性的語言能使演講的語言通俗化，避免過於專業或古板的表達。然而，有些演講者為使觀眾印象深刻，經常使用某些現成的時髦話語或流行表達，這會讓演講的語言失去真實性，而缺乏真實性的語言也就失去了通俗性。

【針對性】 針對性表現在語言的選擇和使用上，演講的語言要符合特定受眾和特定場合。演講者要考慮受眾的表達習慣、習俗文化、認知水平等。演講者要充滿肯定和自信，這需要富有針對性的語言的支撐，同時也需要演講者配合演講稿使用生動的身體語言，使受眾明確了解演講者的意圖。

四、表現手法

【做好開場白】 即寫好演講開頭的內容。好的開場白能夠迅速拉近演講者與受眾的距離，並能快速進入主題的探討和目的的傳達中。通常來說，開場白的手法包括開門見山、敘述事實、提出問題、援引經典等。

【精心安排結構】 指演講稿的層次和邏輯通過合理的結構呈現。好的演講結構能夠讓觀眾快速走進演講者的邏輯中，並以此產生共情的效果。何處使用觀點，何處放置例子，何處抒發感情，這些都需要在結構中精心安排。主體結構通常有並列式、遞進式，或二者結合的方式。

【利落收尾】 即演講的結尾應乾淨簡短。演講的結尾切忌重複拖沓，或故意客套，這些結尾會影響演講內容的表現力。引用警句、幽默故事或以號召、鼓動的話結尾，能夠使受眾回味無窮。

【善於用典】 即使用較為熟知的俗語或經典故事。在演講的過程中，除了加入演講者自己的觀點外，引經據典能夠讓受眾在相同的理解層面審視演講的話題。受眾希望從演講中感受共鳴，而經典故事、警句、名言等都是演講者利用現成的具有話語力量的材料間接輸出觀點的方法。

備考筆記

重點知識

說服性演講　鼓動性演講　傳授性演講　娛樂性演講
特定的情境感　語言的口語化

學習筆記

29 教科書

文體介紹

教科書（textbook），又稱課本。顧名思義，就是專門用於教授學科知識而編寫的書面材料。古代教書使用的是經典的"四書五經"，在某種意義上，這些算是比較古老的教材形式。在現代，隨著印刷業的發展，教材的樣式種類繁多，學生和老師可選擇的空間也變得更大。不論教材如何發展，它都經由教育機構或官方單位按照統一制定的大綱進行編寫。因此，它在某種程度上反映了一個國家、地區和社會在教育學科方面的方針策略。

教科書的內容通常包含某個學科的理論知識和學生應該掌握的學科技能，也包含一些針對知識學習而設置的練習、反思、呈現等活動內容。教科書根據不同學習者的認知水平和需求而採用不同的編寫策略。一般來說，年齡越小的學生，教科書的難度就越低，圖片信息的使用也就越頻繁。

整體把握

文本特徵
內容的規範性
結構的格式化
語言符合學習者特徵

文本功能
規範知識
指導教學
塑造思維
傳承文化
穩固社會

教科書

編寫原則
精選主要內容
注重基礎知識
緊跟時代要求
明確目標群體
合理安排結構
突出編寫體例
基於學習心理
普適性與選擇性

語言特徵
規範性
嚴謹性
普適性

知識地圖

一、文本類型

【基本教材】 包括正式出版的教科書，自編自用未正式出版的教材或講義、講授提綱等。一般來說，正式出版的教材是基本內容相對穩定且比較成熟的學科，或者是適用面較廣的學科，如公共基礎課和專業基礎課。自編自用未正式出版的教材，有的是內容變動較大、不夠成熟的學科，有的是特殊的用量少的學科。教科書、講義、講授提綱，只要用於正式教學，都屬於教材。

【輔助教材】 分為四類，一是學術專著，能幫助學生開闊視野、啟發思維、深化知識；二是習題集，以幫助學生複習、訓練之用，利於學生鞏固、理解和運用知識；三是學習指導書，包括自學指導書、實驗指導書、課程設計指導書，對幫助學生自學、理解、深化知識有重要作用；四是課外讀物，如外文讀物、參考文獻等，這對提高學生自學能力，引導學生進行研究性學習是有積極意義的。

二、文本功能

【規範知識】 指無論是老師教還是學生學，都要利用教科書達到交流和溝通的目的。交流和溝通應在正確、規範的知識範疇內，這使教科書在一個教學體系中變得舉足輕重，錯誤的知識會造成不堪設想的後果。當然，不同國家和社會對待同一學科知識在教材中的表述也不盡相同。因此，教材有義務幫助特定社會或國家傳達符合其文化、習慣、價值觀等相關標準的知識。

【指導教學】 指正常情況下，教師需要對教材的內容進行整體的掌握，並根據大綱要求和學生需求安排相應的學習活動，幫助學生有效利用教材學習新的知識。當然，教材的編寫要想達到指導教學的目的，其目標群體也要明確。一般來説，越是通用的教材，越難做到充分滿足不同學習者的需求。因此，有些課程只提供課程標準，老師可根據標準自行安排教學材料。

【塑造思維】 指教科書不僅幫助學生學習知識內容，還包括知識背後的思維習慣、文化內涵，以及價值觀標準。尤其是文科類教材，其中關於某些概念的表述應具有普適性。在現行各國的教育體制下，學生思維習慣的形成受到了教科書的影響。

【傳承文化】 指一些國家或社會有目的地使用教材來幫助人民傳承文化。這些文化不只包含傳統的文化，也包含現代的文化，而傳承文化的作用就是鞏固代際之間的價值觀和社會道德體系，讓人們有一定的歸屬感。當然，社會是開放的，文化對於全人類而言富有極其重要的意義，後代能夠通過教材了解這個時代的進步和意義。

【穩固社會】 教材有傳播通識知識的作用。因此，使用相同教材的人對知識有一種內在的聯繫，這種聯繫能夠幫助人們在教材所承載的知識基礎上更好地合作，完成更多工作。另外，教材中所傳達的思想性和價值觀也能幫助學生從小培養一定的社會道德感，在此基礎上建立社會的認同感和凝聚力，穩固社會的安定與和諧。

三、編寫原則

【精選主要內容】 教科書在編寫之初需要根據教育機構或官方發佈的學科大綱精選主題、範圍、材料等，並在此基礎上編輯成冊。當然，相同課程的教材也會因國家、地區和編者的不同，而在體系、內容上有所不同。例如中國的語文教材，不同省份地區的教育部門對該地區學生的語文素養要求各不相同。因此，語文教材在內容上就有較大的不同，而這些不同實際上符合了當地教育的個性化需求。

【注重基礎知識】 教材的內容針對最普遍的學習者，編寫時應由淺入深。教材中大部分的知識應該是基礎知識，稍微複雜一些的知識要在教材中另外標註呈現。學有餘力的學生從而能在教師的指導下學習基礎以上的內容。

【緊跟時代要求】 教材不是一成不變的，每隔幾年會有相應修訂。修訂的方向主要根據課程標準或課程大綱的變化。知識具有相對性，早期合理的知識，可能到後來就不那麼合理了，因此，教材的內容需要與時俱進。這也就要求教材編寫者能夠把握時代脈搏，從編寫內容的實際意義出發，編寫滿足時代要求的教材。

【明確目標群體】 教材針對一定的群體而編寫，編者應考慮到地域的差異與當地學生認知水平的差異，滿足不同目標群體的需求。即使是同一課程裏的某一學科，也會有多種教材供不同地區的群體選擇使用。

【合理安排結構】 教材的內容會按照一定的結構順序分佈，這種結構的安排可能以知識結構作為依據，也可能以學生的學習機制作為依據，或以相關的主題作為依據。不管是哪種依據，教材都是遵循一定的結構的，這也幫助了學生在使用時能夠清楚地了解知識呈現的內在邏輯，從而有效地使用該教材。

【突出編寫體例】 編寫體例一般依照大綱要求來編寫。通常，不同時代和社會、不同目標人群會有不同的編寫原則，而教材需要以這種不同作為側重點，在教材中進行突出，從而實現教材在使用上的有效性。也就是說，學生如果能夠理解教材的編寫體例，就能夠更加了解教材的一些潛在目的，從而通過這種理解達到有效地使用教材的目的。

【基於學習心理】 教材的編寫無論在內容選擇、知識順序的編排，還是相關課堂活動的設置方面，都要符合學生的學習心理和學習規律，不能依照編寫者自己的思路來編寫。人們往往認為了解學生學習心理的任務應該由教師來承擔，但事實上，教材的編寫者在編寫教材時不僅考慮知識的呈現方式，而且還要考慮學生的心理認知規律。

【普適性與選擇性】 教材不是針對某個人或某個群組的，而至少應該符合某個地區學生的需求。同時，在教材編寫和出版能力大大提升的今天，越來越多的教材處於被選擇的位置，當然，教育官方指定的教材除外。

四、語言特徵

【規範性】 教科書一般通過下定義的方式來介紹概念，用陳述性的語言來表述知識，因此語言上呈現出一定的專業性，也就是規範性。語言規範不代表嚴肅，教材中也會加入一些富有情趣的小知識或知識背景，這無形中可以增加教材的可讀性。當然，加入此類內容也需要慎重地表述，要符合事實，這也是教材語言規範性的體現。

【嚴謹性】 教材的嚴謹性主要體現在語言表述的邏輯方面，這包括詞語的使用應精準，語句的表述應符合邏輯，以及教材的單元安排應清晰，避免出現明顯的漏洞。

【普適性】 也可以理解為通俗性。教材雖然是一種規範化的文本，但需要符合大多數學生的閱讀能力。因此，教材語言的使用要符合普適性這一特徵。另外，通過加入小故事、小常識等內容，教材能夠更為豐富有趣，滿足大多數學生的閱讀興趣。

備考筆記

重點知識

規範知識　指導教學　塑造思維　傳承文化　穩固社會

學習筆記

30 遊記

文體介紹

遊記（travel writing），是用於記述旅行的見聞、感受、思考等內容的文體，常常發佈在報紙、雜誌的旅遊板塊，以及旅遊網站上。

在中文語境中，遊記作為文章題材可以追溯到南宋陳仁玉的《遊志》[1]，而最為人們所熟知的古代遊記是明代的《徐霞客遊記》。明代遊記體蔚然成風，很多文人墨客會使用遊記來抒發情感，記錄思考。

隨著現代旅遊業的發展，越來越多人會在專門的旅遊網站上發表類似旅遊攻略的遊記，主要是幫助有旅行意願的人了解旅行目的地的景點、住宿、飲食、遊玩以及花銷等信息，其參考性遠遠大於欣賞性。

---

❶ 賈鴻雁：《中國古代遊記的整理與出版》，載《山西師大學報（社會科學版）》2005: 32（6）。

整體把握

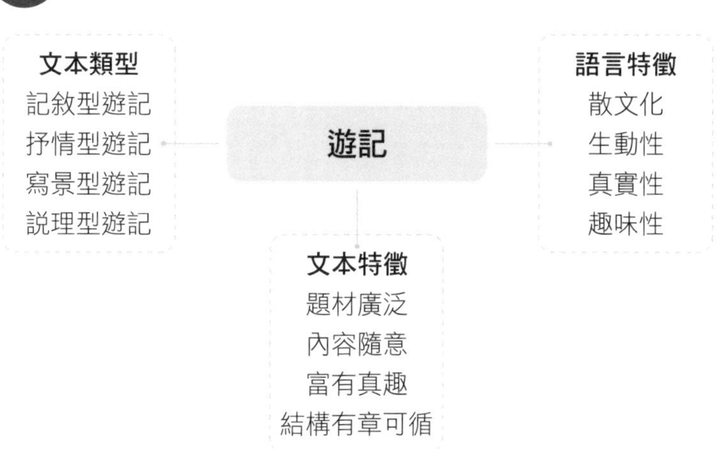

知識地圖

一、文本類型

【記敘型遊記】 遊記內容以時間順序或旅行遊覽順序，將所見所聞如實地進行記敘，讓讀者了解自己的真實體驗。這類遊記通常選擇旅行過程中充滿趣味的經歷作為素材，幫助作者記錄美好的旅行回憶。

【抒情型遊記】 遊記作者或選擇記敘，或選擇景物描寫，主要目的是藉其表露自己的感受，抒發自己的情志。作者能夠藉助遊記這一文體排解心中的負面情緒，尋找積極的心理體驗，這也是現代人旅行的主要意圖。

【寫景型遊記】 雖然現在越來越多人會使用照片或視頻來記錄和呈現景物特色，但以遊記寫景仍是照片和視頻所無法替代的。作者對景色的細緻描寫，不僅能夠記錄當下的觀察和感受，還能夠藉優美的文字呈現無窮的想象空間。

【說理型遊記】 有人借景抒情，有人借景説理。一些遊記作者通過委婉、隱喻的方式將自己的情志、道理蘊藏在遊記之中，從而呈現自己的思考和態度。這一類型的遊記能夠利用遊記可讀性強的特點呈現深刻的觀察，更容易讓讀者接受。

二、文本特徵

【題材廣泛】 遊記所呈現的內容廣泛，不拘一格，可以涉及宏大的領域，也可以專注細小的觀察；可以是遊歷中的見聞，也可以是對當地風土人情的體察和感受。總之，一切發生在旅行過程中的題材都可以進入遊記的寫作中。

【內容隨意】 遊記所記述的內容不需要主次分明或遵循固定的寫作原則，遊記作者可以較為隨意地安排內容。遊記的作用是讓讀者輕鬆地閱讀消遣，有點類似散文，因此遊記的內容安排可以不拘一格，同時可以在記述過程中穿插議論和抒情的內容，讓遊記表現出豐富的內涵。

【富有真趣】 遊記具有散文的特徵，能夠通過真實有趣的記述吸引讀者。真實主要表現為，在作者的所見所聞、所想所感中，不宜過分誇張遊記的體驗，而應進行富有真情實感的描寫和記敘。有趣主要表現在記述內容具有與眾不同的亮點，對熱門景點進行與眾不同且富有情趣的記述，才能吸引讀者繼續閱讀。

【結構有章可循】 遊記內容雖然可以隨意選擇和安排，但是遊記的結構安排卻是有章可循的。作者對遊記內容的安排應按照一定的邏輯進行，這種內在邏輯能夠幫助作者更好地呈現遊記所要重點表達的內容。好的遊記不是簡單的流水賬，而是精心佈局的作品，讓人讀完心領神會，達成作者與讀者間有效的溝通。

三、語言特徵

【散文化】 指遊記使用散文的語言特徵，將旅行中的亮點富有情趣地進行記述，而不是為了復現場景而機械地描述。散文化的語言特徵主要表現為詞彙豐富的表現力、語句表述的詩意化等，並且重於描寫性的記述和多種表達方式的穿插。這樣做不僅能夠表現出作者的個人風格，也能夠讓讀者在閱讀過程中體會到遊記的優美性和思想性。

【生動性】 遊記語言的生動性首先體現在表現手法的豐富性上，議論、抒情、記敘、描寫等在遊記中靈活運用；其次也體現在富有個人化的表述中。生動的語言表述，增強了遊記的表現力，讓讀者體會到不一樣的閱讀體驗。

【真實性】 遊記作者應該使用樸素真摯的表達來吸引讀者的關注和閱讀。過分誇張的表達、失真的描繪不利於讀者還原遊記的真實場景和體驗。因此，只有真實寫作才能獲得讀者的欣賞。

【趣味性】 加入與眾不同的切身見聞和感受、別具一格的描寫、獨到的觀察和理解，能夠使文章的語言顯得趣味盎然。幽默的詞語、優美的語句、富有個性化的表達，都能夠增強語言的表現力，同時加強讀者閱讀過程中的愉悅感受。

備考筆記

重點知識

記敘型遊記　抒情型遊記　寫景型遊記　說理型遊記
散文化

學習筆記

31 新聞報道

文體介紹

新聞（news report），從廣義上，按新聞內容和呈現方式等綜合情況，可分為新聞報道類（如消息、通訊、特寫、專訪、調查報告、新聞公報等）、新聞評論類（如社論、評論員文章、述評、思想評論等）和新聞副刊類（如散文、雜文、詩歌、回憶錄、報告文學等）。中國傳統意義上的新聞體裁，一般分為消息、通訊、評論、攝影和漫畫等五類，或將深度報道、特寫和調查報告與上述並列，分為八類。隨著電子傳播手段在新聞報道中的廣泛運用，新聞業務的深入改革，以及記者創新意識的增強，新聞體裁的分類更趨予多樣化。[1]

新聞以傳播信息為本質，強調客觀事實，藉助不同媒體，擴大受眾範圍。因此，新聞文本追求新聞價值的最大化。同時，新聞文本強調真實性、及時性、公開性、準確性及變動性等原則，缺乏修辭和表現手法，與一般的文學文本有本質上的不同。

---

[1] 參見童兵、陳絢主編，《新聞傳播學大辭典》，中國大百科全書出版社，2014 年版。

整體把握

構成元素
新聞標題
新聞圖片

影響力
新聞發佈平台
新聞的受眾

新聞
客觀性、時效性
準確性、公開性

結構
導語
正文
結尾

語言特徵
客觀、確切
簡練、樸實、通俗

知識地圖

一、文本類型

【消息】 即新聞報道的主要形式。是對新近發生的有一定意義的事實進行簡明扼要、迅速及時報道的一種最重要的新聞文體。“消息”一般可分為簡訊、短消息、長消息和綜合消息，其特點是篇幅短小，尤其講求時效。在時報版面上，“消息”常常以“時報快訊”“現場報道”等形式呈現。

【評論】 即撰稿人針對社會及網絡生活中的熱點、難點問題發表意見、闡述觀點、表明態度的新聞文體。“評論”不拘長短，一般由論點、論據、論證三要素組成。一篇好的評論文章具有以下特點：立意新穎，論述精當，文采斐然，能在有限的篇幅中，憑藉獨特的見解吸引讀者。

【通訊】 即運用多種表達方式，具體、生動、及時地報道具有新聞價值的人物、事件、情況和問題的一種新聞文體。“通訊”可分為特寫、速寫、遊記、專訪、介紹、小故事（小通訊）、報告文學等。“通訊”由消息演變而來，篇幅稍長，可對新聞事實進行更具體、形象、生動的報道。通訊在版面的表現形式有“專題報道”“人物專訪”等。

【特寫】 即一種再現新聞事件、人物或場景的形象化報道的新聞文體。強調視覺印象，以描繪為主要手法，往往截取事件發展進程中的某個片斷、細節或畫面，繪聲繪色，給人以特寫鏡頭般的印象。[1]

二、文本要素

【新聞結構】 即新聞通常以怎樣的邏輯或敘事層次來呈現新聞報道。

新聞的文本結構主要有五種類型，即：

a. 金字塔結構。指新聞通常以事件的先後順序進行報道的寫作結構。新聞開頭即事件的開頭，新聞結尾即事件的結尾。

b. 倒金字塔結構。指將結果和最新事實首先呈現在報道開頭的新聞寫作結構，這種結構可以將讀者最想要了解的信息置

---

[1] 參見 Huang Yuan，《五種常見的網絡報道體裁》，源自 http://blog.sina.com.cn/s/blog_5065b4d90100bb7v.html，2008-11-03。

於最前，從而吸引受眾的注意。

c. 菱形結構。指在新聞主體部分大篇幅地呈現主要事件內容的新聞結構，這類開頭通常無法對整個報道事件進行概括。

d. 輻條結構。指以中心事件為綱要，將相關事件像車輻條一樣進行輻射性的敘述。相對而言，這類結構較為分散。

e. 並列結構。指將幾個事件不分先後地放在一起，彼此成為較為獨立的新聞寫作結構。這種結構能夠讓讀者全方位地了解事件的不同面向，進而進行客觀的比較和評價。

【新聞標題】 即新聞報道的概括性題目。一則好的新聞標題具有鮮明的思想性，不僅能向讀者提示新聞內容，而且能幫助讀者理解新聞內容的性質和意義。為了吸引讀者，新聞標題常使用修辭方法，如排比、比喻、對偶、比擬、設問等。

標題是吸引讀者產生閱讀興趣的先要因素。此外，新聞標題還具體有以下的作用：

a. 提示新聞內容。即以最精練的文字將新聞中最重要、及時的內容提示給讀者。

b. 評價新聞內容。標題不但能夠簡明扼要地介紹新聞內容，而且能夠代表記者或編輯評價新聞內容。

【新聞導語】 即新聞正文的第一個部分。新聞寫作要求簡明扼要，開門見山，需要用簡短的語言將最重要的新聞事實首先呈現給讀者。新聞導語的寫法有很多種，例如一語破的式的開頭，用最簡短的文字，起到開門見山、立竿見影的效果；又如使用設置懸念的寫法，吊足讀者的胃口；還有欲擒故縱、化靜為動、擬人修辭等手法，其目的都是為了使導語部分更加生動，引人入勝。

【新聞主體】 即新聞進行主要事件報道的部分。新聞主體的部分會根據具體體裁的不同而採用不同的手法。例如，新聞評論文本的主體，會根據其説理的目的使用並列式、遞進式，或對比式的結構安排論點和論據。新聞消息的主體則通常使用倒金字塔的結構，用概括性的導語描述核心新聞事實，然後在新聞主體部分按照"重要性遞減"的原則，先輕後重地依次展示對導語進行具體説明的各種新聞要素。這種結構往往用於突發性新聞、重要事件新聞、硬新聞的寫作。此外，還有按照新聞事件的自然進程，以時間為主線，敘述出新聞事件的全貌的沙漏型結構等。

【新聞結尾】 即新聞文章的收尾內容。新聞文本結尾的內容通常是總結、啟發、號召、展望、分析等，經常採用的手法包括引言、事實呈現、展望未來行動、製造懸念等。好的新聞結尾，不僅可以使新聞在形式上更為完美，而且可以畫龍點睛，使新聞主題得到進一步的深化和昇華，引起讀者回味與思索。

【新聞背景】 即報道背景的相關補充性內容。新聞報道類的文本體裁經常會有背景部分，其目的是讓讀者深入了解有關報道的背景信息，從而對報道內容有更清晰的理解。

三、語言特徵

【客觀】 即表現客觀事實的語言其自身具有的特徵。新聞所報道的事實是客觀存在的，因此，作為陳述和表達事實，新聞語言最重要的特徵是客觀。值得注意的是，新聞語言的客觀性並不排斥新聞的主觀傾向。相反，客觀的語言往往能夠傳達新聞傳播的主觀意圖。毋庸諱言，新聞傳播媒介本身代表著一定的立場，其所傳播的新聞也往往帶有某種傾向性。新聞語言的客觀性具體體現在中性詞的使用多於褒貶詞，修飾語多用限制性而少用描述性，句子多用陳述句而少用感歎句。

【確切】 指新聞語言的表達力求精確，能向受眾傳達真實的報道內容。新聞語言要求去除語言的含混性，但並不完全排斥語言的模糊性。

【簡練】 即新聞語言在精簡詞彙和表達時所呈現的特徵。新聞語言的簡練性是由其文本特徵決定的。新聞報道要求新和快，用簡練的語言把事理弄清、問題想透，並概括出主旨。簡練性的語言體現在説短話和寫短句，不用過剩的抒情句，不用過多的形容詞，不用不恰當的比喻和警句，力求省字省句。

【樸實】 即新聞語言質樸無華、具體實在的特徵。新聞寫作使用樸素的語言，自然而不造作，可靠而不虛浮，更能被受眾接受和信服。

【通俗】 指新聞語言能夠被大多數讀者理解的語言特徵。作為大眾傳播媒介的新聞載體，面對千百萬讀者、觀眾、聽眾，只有以通俗的語言傳播信息，才能為大眾所接受，並產生應有的傳播效果。語言的通俗性是新聞語言的重要特徵。通俗的語言也就是群眾的語言，同時從讀者（聽眾、觀眾）的認識水平出發，運用群眾熟悉的語言形式，即接近口語的書面語。

備考筆記

重點知識

消息　評論　通訊　特寫　金字塔結構　倒金字塔結構
菱形結構　輻條結構　並列結構

學習筆記

視覺形象設計　斬劉高創意策略
責任編輯　王　穎
書籍設計　道　轍
排　　版　何秋雲　楊　錄
校　　對　栗鐵英

書　　名　DP 中文 A 語言與文學課程非文學文體知識手冊（繁體版）
DP Chinese A Language and Literature Course
Booklet of Basic Concepts of Non-literary Contexts
(Traditional Character Version)
編　　著　徐亮　季建莉
出　　版　三聯書店（香港）有限公司
香港北角英皇道 499 號北角工業大廈 20 樓
Joint Publishing (H.K.) Co., Ltd.
20/F., North Point Industrial Building,
499 King's Road, North Point, Hong Kong
香港發行　香港聯合書刊物流有限公司
香港新界荃灣德士古道 220-248 號 16 樓
印　　刷　美雅印刷製本有限公司
香港九龍觀塘榮業街 6 號 4 樓 A 室
版　　次　2023 年 3 月香港第一版第一次印刷
規　　格　大 32 開（140 × 210 mm）224 面
國際書號　ISBN 978-962-04-5141-6